SVEN EN ZIJN RAT
EN DE DIEF IN DE NACHT

Marit Nicolaysen

Sven en zijn rat
en de dief in de nacht

vertaling: Femke Blekkingh-Muller
met tekeningen van Annette Fienieg

Lemniscaat Rotterdam

De vertaalster ontving voor deze vertaling een werkbeurs
van de Stichting Fonds voor de Letteren

© Nederlandse vertaling Femke Blekkingh-Muller, 2008
Omslag en illustraties: Annette Fienieg
Nederlandse rechten Lemniscaat b.v. Rotterdam 2008
ISBN: 978 90 477 0110 1
© 2007 H. Aschehoug & Co. (W. Nygaard), Oslo
Oorspronkelijke titel: *Svein og rotta feirer jul på landet*

Druk: Drukkerij Haasbeek b.v., Alphen aan den Rijn
Bindwerk: Boekbinderij De Ruiter, Zwolle

Dit boek is gedrukt op milieuvriendelijk, chloorvrij gebleekt en verouderingsbestendig
papier en geproduceerd in de Benelux waardoor onnodig milieuverontreinigend transport
is vermeden.

'Ben je er klaar voor, meneer Jansen?'
Ik hield hem voor mijn gezicht en keek diep
in zijn zwarte kraaloogjes. Hij keek terug.
Midden op de keukenvloer stond een kartonnen doos. Ik boog me eroverheen, met
meneer Jansen in mijn handen, en drukte
zijn achterpootjes voorzichtig in een klodder
blauwe verf. Daarna drukte ik zijn linker-
voorpoot in een klodder gele verf en de
rechter in een klodder rode. Toen was hij
klaar.
Ik liet hem los en hij mocht zijn gang gaan.
Het was namelijk bijna Kerstmis en ik had
niet genoeg cadeautjes. Ik had bijvoorbeeld
nog niets voor tante Gro, en dat was heel

erg, want we zouden dit jaar Kerstmis bij haar vieren.

Mijn moeder had gezegd dat ik ook iets zelf mocht maken. Kerstcadeautjes hoefden niet sjiek en mooi en duur te zijn; het ging om het idee.

Het ging om het idee? Ja, dûh! Ik wilde zelf echt geen idee als kerstcadeau. Dat je moeder bijvoorbeeld zei: 'Ik had bedacht dat je een nieuwe mobiel zou krijgen met Kerstmis.' Maar je kreeg er geen omdat het ging om het idee! Probeer maar eens te bellen met een idee!

Ik wist niet wat ik doen moest. Ik kon niet zo erg goed tekenen. En ik kon ook geen gedichten schrijven. En al helemaal geen kralen rijgen!

Maar toen kreeg ik een geweldig idee. Ik had wel eens gehoord dat apen mooiere kunstwerken konden maken dan mensen. En die kunstwerken werden zelfs voor duizenden kronen verkocht. Hoe zou dat met ratten gaan? Hoe zou het met meneer Jansen

gaan? Misschien had hij wel megaveel talent als kunstenaar!

Meneer Jansen ging meteen aan de slag. Hij trippelde rond en maakte overal op het papier kleine voetspoortjes in rood, geel en blauw. Hij snuffelde en likte en hij kreeg verf aan zijn snorharen. Het kon geen kwaad als hij er wat van opat, want er stond op de tubes dat de verf niet giftig was. Als het voor kleine kinderen niet gevaarlijk was om het op te eten, dan was het voor meneer Jansen ook niet gevaarlijk. Hij mengde ook nog wat druppeltjes van zijn eigen plas door de kleuren, maar dat hoefde ik natuurlijk niet aan tante Gro te vertellen.

Het leek erop dat het mooi werd. Heel mooi zelfs. Het was nu niet meer alleen rood, geel en blauw, maar ook een beetje groen en oranje. Hij had zijn eigen kleuren gemengd.

'Super, Jansemans!' zei ik met mijn hoofd over de rand van de doos. 'Je bent echt goed!'

Het vel papier was zo groot dat ik het in tweeën kon delen. Zo had ik twee cadeaus. Maar ik wilde er nog meer maken, nu het zo lekker ging. We zouden met heel veel zijn deze kerst. Tante Gro woonde bij Alice en die woonde op een grote boerderij met heel veel ruimte. Tante Bella zou ook komen, met Trym en Frøy, dat waren mijn neef en nicht die ik heel lang niet had gezien.

Ik gaf meneer Jansen een duwtje tegen zijn kont zodat hij nog een laatste rondje zou maken, maar hij deed alleen een paar slome stapjes en keek me aan.

'Is het af? Bedoel je dat het af is?'

Ik bekeek het kunstwerk eens goed. Ja. Dat zou best kunnen.

'Mooi voetenwerk, Jansen,' complimenteerde ik hem. 'We kunnen het "Tackle bij zonsondergang" noemen, of "Een Liverpoolsupporter kliedert erop los".'

Meneer Jansen leek het niet zo belangrijk te vinden hoe het kunstwerk ging heten. Ik pakte hem op en zette hem in de wasbak. Toen legde ik het schilderij te drogen op de tafel.

'We moeten opschieten, Jansemans! Mama en Magnus komen zo thuis en Magnus wordt gek als hij ziet dat we zijn verf hebben gebruikt.'

Deze keer gebruikte ik blauw, groen, paars en rood. Ik drukte zijn pootjes één voor één in de verfklodders.

Hij bleef staan en staarde een beetje voor zich uit.

'Kom op, Jansemans! Schiet eens op! Je hoeft er helemaal niet over na te denken. Heb je nooit van improviseren gehoord? Je kliedert gewoon maar wat. Klaar voor de start... af!'

Hij bleef staan.

Ik haalde een half winegummetje uit mijn broekzak en hield het voor zijn neus. Hij hapte ernaar, maar ik trok het weg. Hij ging erachteraan en zo maakten we een heleboel prachtige pootafdrukken.

Toen hoorde ik opeens de sleutel in het slot en mijn moeder riep: 'Hallo!' Een paar seconden later stond Magnus in de deuropening van de keuken.

Ik zat nog op mijn knieën naast de kartonnen doos.

'Kijk eens hoe mooi meneer Jan...'

Verder kwam ik niet. Hij had de tubes verf gezien.

'Mijn verf!' schreeuwde hij. 'Geef terug!'

'Ja hoor, ga maar weer schreeuwen. Ik heb
het alleen even geleend.'
Terwijl ik opstond, kwam Magnus op me af
stormen. Hij duwde me. Ik struikelde en
trapte op de verftubes.
'Kijk nou wat je doet, sukkel!' riep ik en nu
gaf ik Magnus een duw. Het was pure zelf-
verdediging en helemaal niet hard, maar hij
struikelde over de kartonnen doos en die

viel om. Meneer Jansen rolde eruit, krabbelde overeind en ging ervandoor. Ik zag niet precies waar hij naartoe ging, want toen ik me omdraaide om te kijken, stak Magnus zijn been uit. Ik struikelde weer en viel boven op de verftubes.

'Jongens! Wat doen jullie toch? Zijn jullie… Zijn jullie nou helemaal…'

Mijn moeder kreunde.

'Ik deed niks,' zei ik suikerzoet terwijl ik probeerde op te staan.

'Dat is mijn verf,' zei Magnus en hij schopte naar me.

'Hou op!' schreeuwde mijn moeder. 'Kijk nou eens hoe de keuken eruitziet! Kijk nou eens hoe *jullie* eruitzien! Het kost me de rest van de dag om dat allemaal weer schoon te krijgen.'

'Sorry, mama. Ik wilde alleen…'

'Ik heb even geen zin om naar je uitleg te luisteren, Sven. Sta op en ruim die troep op. Dat is een bevel!'

'Maar ik moet eerst meneer Jansen zoeken,'

zei ik. 'Ik geloof dat
hij naar de woonkamer is
gerend.'
'Blijf staan!'
Mijn moeder greep me beet.
'Jij verzet geen stap voordat je
je kleren hebt uitgetrokken.
En dan ga je onmiddellijk
onder de douche. En jij,
Magnus…'
Haar vinger schoot naar
voren en bleef bijna trillend
strak voor Magnus' neus hangen.
'Jij wacht hier. Je blijft doodstil
zitten, je mag niet eens ademen,
anders vier jij kerst dit jaar op een
onbewoond eiland met krokodil-
len aan alle kanten!'
Het werd doodstil in de keuken.
Je hoorde alleen het gesnuif van
mijn moeder terwijl ze meneer
Jansens kleurrijke spoor naar de
woonkamer volgde.

'Gelukkig hebben we de schilderijen nog kunnen redden.'

Meneer Jansen lag op mijn bed, opgerold in een handdoek. Alleen zijn snuit stak eruit. Mijn moeder had hem uit zijn schuilplaats onder de bank vandaan gesleurd. Ze hoefde alleen zijn voetsporen maar te volgen, dus het was niet echt een slimme schuilplaats. En hij verdween net als wij *hup* naar de badkamer.

'Ik denk niet dat het een goed idee is om mama dit jaar een schilderij te geven,' zei ik terwijl ik de schilderijen bekeek die op de grond lagen te drogen.

Als de keukenvloer ongestoord had mogen

opdrogen, had die er ook heel kunstzinnig uitgezien, maar mijn moeder wilde hem liever hebben zoals hij eerst was. Als ze een van mijn schilderijen kreeg, zou het haar misschien weer aan de hele toestand herinneren.

'Wat vind jij, Jansemans?'

Hij draaide zijn achterste naar me toe en verdween in zijn handdoek.

'Ben jij ook al boos? Het ging toch eigenlijk heel goed. Totdat die stomme sukkel...'

Ik hoorde Magnus zingen in de badkamer. Hij zong kerstliedjes. Waarschijnlijk was hij heel tevreden over alles wat hij had aangericht. *Sti-hil-le naaacht. Hei-li-ge naaacht. Alles slaapt, sluimert zacht.*

Ik had een paar mailtjes naar de kerstman gestuurd. Natuurlijk geloofde ik niet in de kerstman. Dan ook niet, maar die wist heel zeker dat er ruimtewezens waren die zich als kerstman verkleedden. Hij begreep niet dat iedereen dat intussen niet in de gaten had. Vroeger gaven de mensen de schuld aan de kabouters of de aardmannetjes als er vreemde dingen gebeurden op boerderijen die niemand kon verklaren, maar toen wisten ze nog niet zoveel over de ruimte. Niemand sprak toen nog over UFO's en zwarte gaten en dat soort dingen. Ze hadden er nog niet zoveel onderzoek naar gedaan. Als ze het over zwarte gaten hadden, waren dat gaten in de grond. Tegenwoordig wisten ze veel meer.

'Als die ruimtewezens zich als kerstman verkleden, kunnen ze hier rond de kerstdagen zoveel rondlopen als ze willen om de mensen te bespioneren,' zei Dan.

Hij dacht dat ze ook de brieven aan de kerstman lazen. Hij zou echt nooit van zijn leven een brief aan de kerstman sturen. Hij was niet gek! Hij wilde ze niet naar zich toe lokken. Zijn rat, James Bond, had al heel veel ruimtewezens gedood. Maar dat was het soort dat de vorm van insecten aannam. Het was erger als ze de vorm van kerstmannen aannamen. Dat formaat kon James Bond niet aan.

Ik was niet helemaal overtuigd van Dans

theorieën. Maar als je een broertje als Magnus
hebt, ben je in ieder geval niet bang voor
buitenaardse kerstmannen. Je bent immers
aan een buitenaards wezen gewend. Dus ik
had de kerstman geschreven wat ik en meneer Jansen graag wilden hebben. Bovendien
had ik hem over Magnus verteld. Ik had
geschreven dat ze zeiden dat hij mijn broertje was, maar dat hij overduidelijk van een

andere planeet kwam en naar huis verlang-
de. Dat ze dat onaangepaste joch ieder moment mochten komen halen en dat meneer
Jansen en ik ze eeuwig dankbaar zouden
zijn. Als er echt buitenaardse kerstmannen
bestonden, dacht ik niet dat ze gewone brieven zouden lezen, al geloofde Dan van wel.
Gewone brieven aan de kerstman zaten in
een gesloten envelop en kwamen in de speciale kerstwinkel of op de Noordpool te-
recht. Maar als je een mailtje stuurde kwam
je bericht in de ruimte en kon het door iemand worden onderschept. Iemand die de
hint begreep. Ruimtewezens waren vast veel
moderner dan wij. Ze wisten vast alles van
internet, bijvoorbeeld.

Ik belde Dan.

'Ben je gek geworden!' schreeuwde hij.
'Heb je ze gevraagd of ze wilden komen?'

'Jij woont niet met Magnus in één huis,' zei
ik schuldbewust. 'En als de nood aan de man
is...'

'... lijken jouw hersenen niet groter dan een

doperwt. Zelfs Julius is nog slimmer dan jij!'
Dans oma woonde in Kristiansand en als
Dan daar logeerde in de zomervakantie ging
hij altijd op bezoek bij de chimpansee Julius
in de dierentuin.
Ik wist niet wat ik moest antwoorden.
'Hallo? Erwtenbrein, ben je er nog?'
'Ik wou dat ik met jullie mee mocht met de
kerstdagen,' zei ik. 'Naar je oma. Dan konden we bij Julius gaan kijken. En dan zou ik
niet gedwongen worden om tante Gro te
knuffelen. En naar schlagermuziek te luisteren. Tante Gro is nog erger dan Magnus. Ze
heeft alleen maar schlager-cd's.'
'Ai,' zei Dan.
Het bleef even stil.
'Het valt vast wel mee,' zei Dan troostend.
'Kerstmis is toch maar een paar dagen? En je
hebt meneer Jansen toch.'

Maar dat was nog helemaal niet zo zeker. Want tante Gro en Alice hadden wel veel ruimte, maar ze hadden geen plek voor meneer Jansen.

'Ze willen liever niet dat je hem meeneemt,' zei mijn moeder. 'Alice heeft iets tegen ratten.'

'Iets?' zei mijn vader droog. 'Ze heeft een vreselijke hekel aan ratten.'

'Je vergeet nog iets belangrijks, schat,' zei mijn moeder. 'Alice heeft een kat.'

'Maar meneer Jansen blijft toch in zijn kooi,' zei ik. 'Hij kan op mijn kamer staan. Ze hoeft hem helemaal niet te zien. En die kat ook niet.'

'Ze hebben een heleboel schapen, en kippen en een haan en geiten en god weet wat allemaal nog meer,' zei mijn vader hoofdschuddend. 'Maar voor een lief klein ratje zou er geen plaats zijn? Dat slaat nergens op, als je het mij vraagt.'

'Wij zijn gasten,' zei mijn moeder. 'Gro is wel mijn zus, maar de boerderij is van Alice. Misschien heeft ze een rattenfobie. Misschien wordt ze al bang van de *gedachte* aan een rat. Daar moet je niet te makkelijk over denken.'

'Tante Gro zei toch dat ze *liever niet* wilden dat we meneer Jansen meenamen?' vroeg ik.

'*Liever niet* is iets anders dan *niet*. Ik ga niet zonder meneer Jansen. Dit is misschien zijn laatste kerst. Wij blijven wel hier. Alleen. We eten wel droogvoer.'

'Heb je nu je zin?' zei mijn vader terwijl hij mijn moeder verwijtend aankeek. 'Moet die jongen alleen zitten met Kerstmis met droogvoer en frisdrank? Kun je dat over je hart verkrijgen?'

'O… jullie!'

Ze schudde haar hoofd. 'Jullie zijn allemaal ratten. Ik geef het op.'

Ze liep met besliste passen de keuken uit.

Mijn vader grijnsde.

'Gimme five,' zei ik.

Er moest ontzettend veel bagage mee. Wij pasten er bijna niet meer bij in de auto.

'Misschien moeten meneer Jansen en ik toch maar thuisblijven,' zei ik tegen mijn vader.

Hij probeerde alle tassen en plastic zakken en dozen zo handig mogelijk in de auto te krijgen. Hij haalde spullen eruit, stopte ze er weer in, haalde ze er weer uit en stopte ze er weer in.

'Of misschien kan Magnus in de skibox,' ging ik verder. 'Dan is er net genoeg plaats voor meneer Jansen en mij op de achterbank.'

'You can dream,' mompelde mijn vader.

Hij krabde eens op zijn hoofd.

'Het is maar goed dat er bijna geen sneeuw ligt. Ook waar we naartoe gaan. Als er ook nog eens skispullen mee hadden gemoeten, had ik een aanhanger moeten huren.'

'Het zou anders best leuk zijn als er wat meer sneeuw lag,' zei mijn moeder.

Ze kwam met nóg een tas aanzetten.

'Het is toch niet hetzelfde als het zo kaal is. Met Kerstmis hoort het wit te zijn. Vroeger toen ik nog klein was, hadden we altijd een witte kerst.'

'Nóg meer?'

Papa keek haar wanhopig aan.

'Dit is de laatste,' zei ze met een knikje. 'Zal ik je even helpen, schat? Als jij nou...'

'Nee, het gaat prima zo,' onderbrak mijn vader haar. 'Ga jij maar even iets anders doen. Ga maar kijken of de deur op slot is of zo. Deze keer pak *ik* de auto in.'

Mijn moeder knipoogde naar me en liep weg. Mijn vader propte de tas in de auto. Hij moest op de achterklep gaan liggen om hem dicht te krijgen. Magnus en ik wurm-

den ons op de achterbank met meneer Jan-
sen in zijn kooi tussen ons in.
'Iedereen klaar? Niets belangrijks vergeten?'
Mijn moeder ging achter het stuur zitten.
'Ja,' zei Magnus.
'Nee,' zei ik.
'Rijden maar,' zei mijn vader.
En toen vertrokken we.
Magnus zette bijna meteen zijn schlager-
muziek aan. Ik hoorde het helemaal aan

mijn kant van de achterbank uit zijn oortelefoontjes sijpelen. En hij zong ook nog eens mee. Uit de autoradio kwam jazzmuziek, daarna geklets en toen weer jazzmuziek. Ik had mijn cd-speler in mijn tas gedaan. Een van de tassen die mijn vader helemaal onder in de achterbak had gestopt. Ik keek naar meneer Jansen. Hij had zich op tijd ingegraven, diep onder een pluk hooi. Ik zat tussen twee vuren in en ik kon me niet verdedigen.

We waren nog niet zo ver toen ik moest uitstappen om over te geven.

'Ik *wist* dat we iets vergeten waren,' zei mijn moeder terwijl ze de auto naar een bushalte stuurde. 'Jouw reisziektepilletje natuurlijk.'

'Ik heb het wel ingenomen,' kreunde ik. 'Het helpt alleen niet tegen... terreur.'

Toen ik klaar was met overgeven reden we
weer een stukje verder, totdat we bij een
wegrestaurant waren. Niet omdat we zo'n
honger hadden, maar omdat ik mijn cd-speler wilde zoeken. Mijn vader vond het niet
zo leuk dat alle bagage er weer uit moest,
maar mijn moeder zei dat zij de auto wel
weer zou inruimen. Terwijl mijn moeder
inpakte, gingen wij een ijsje kopen.
Sommige mensen eten geen ijs in de winter.
Ik vind ijs in de winter juist het lekkerst.
Hoe kouder hoe beter. Ik probeer altijd of
mijn tong aan het ijs vastvriest. Dat gebeurde
ook deze keer niet. Op een keer zou het wél
lukken, net zoals wanneer je aan een ijzeren

hek likt. Daar kon je beroemd mee worden.
En misschien zou je foto wel over de hele
wereld gaan: China, Fiji, Kuala Lumpur.
Toen we weer buiten kwamen, was mijn
moeder net klaar met inpakken. Ze gooide
de achterklep dicht. Een licht duwtje en hij
zat.
'Dat was dat,' zei ze.
Ze haalde een zakdoek uit haar zak en veegde Magnus' mond af. Hij zag eruit alsof hij

zijn hoofd in een schaal slagroom had gestopt.

'Stap maar in.'

'Ik begrijp niet hoe je het voor elkaar krijgt,'
zei mijn vader en hij krabde op zijn hoofd.

'Hoe ik wát voor elkaar krijg?'

'De auto inpakken. Het is niet minder geworden dan daarnet. Er is alleen een klein
cd-spelertje uit.'

Mijn moeder haalde haar schouders op en
glimlachte.

'Je hoeft geen geometrie gestudeerd te hebben om slim te kunnen inpakken,' zei ze.
'Wij vrouwen...'

'Oké, oké,' zei mijn vader. 'Laten we verder
gaan.'

En toen gingen we.

Ik had de laatste tijd veel naar een cd van
meneer Jansen geluisterd. Van Metallica. Die
luisterde ik nu ook. Ik speelde hem steeds
weer opnieuw af, totdat we er waren.

Mijn moeder reed het erf op en parkeerde
naast een grijze Toyota.

'Dat is Bella's auto. Dan zijn ze er al,' zei ze
en ze trommelde op het stuur. 'Dan kunnen
wij de beste kamers wel vergeten.'
'Ze is vast al bezig om het hele huis te ver-
bouwen,' zei mijn vader.

We waren nog niet eens uit de auto gestapt
of de deur van het huis vloog open en tante
Gro kwam breed lachend naar buiten lopen.
Mijn vader draaide zich naar me om.
'Laat meneer Jansen nog maar even staan,'
zei hij. 'We pakken het heel voorzichtig
aan. We kijken eerst hoe de vlag erbij
hangt, oké? Wij mannen moeten al onze
charmes inzetten, dan komt het allemaal dik
in orde.'
Nu kwam Alice ook naar buiten. Tante Gro
was groot en dik, maar Alice was nog groter
en dikker. De kat glipte tussen hun benen
door. Die was ook niet bepaald klein. Het
was een geelbruin monster. Type sumo-

worstelaar. En hij miste ook nog eens een oog en een half oor.

Tante Gro zwaaide.

De kat kwam op een holletje het trapje af en rende naar ons toe. Op een afstandje van de auto bleef hij staan en loerde naar ons. Het leek wel of hij wist dat meneer Jansen in de auto zat en of hij een plan bedacht hoe hij die te pakken zou kunnen krijgen.

'Dit is Bertil,' riep tante Gro. 'Onze lieveling. Jij bent toch zo dol op dieren, Sven? Je vindt hem vast leuk. Kom hier, dan kan ik je eens goed bekijken. En Magnus. Mijn kleine ventje!'

'Ga jij eerst maar,' zei ik tegen Magnus.

Mijn moeder, die al was uitgestapt, draaide zich om en glimlachte.

'Wat leuk,' zei ze. 'Eindelijk ben je eens een beetje aardig voor je broertje. Komt dat door de blijde kerstboodschap?'

De blijde kerstboodschap? Ik wilde alleen maar kijken hoe hij de hindernissen zou nemen. Eerst die monsterkat. Dan de vangarmen van tante Gro en de gedwongen omhelzing van de kampioen gedwongen knuffelen.

De eerste etappe ging heel aardig. Bertil was totaal niet geïnteresseerd in Magnus. Hij bleef staan waar hij stond en staarde koppig naar de auto. Bij de tweede etappe verdween Magnus in de armen van tante Gro. Mijn moeder onderging hetzelfde lot. Mijn vader ook. Ik begreep dat ik er met geen mogelijkheid onderuit kon.

'Het komt wel goed, Jansemans,' zei ik. 'Jij blijft hier en ik kom je later halen.'

Ik stapte fluitend uit de auto en gooide snel

de deur dicht. Ik liep langs Bertil. Ik deed net alsof hij er niet was, maar ik draaide me wel om om te kijken wat hij deed. Hij stond nog steeds naar de auto te loeren met zijn ene oog. Hij hield zijn hoofd een beetje scheef, maar dat was niet zo vreemd, want alles aan die kat was scheef.

Toen verdween Bertil uit mijn zicht en uit mijn gedachten omdat ík in de armen van tante Gro verdween. Mijn hoofd werd fijngedrukt tussen haar grote tieten en Alice dreunde met haar mokerhanden op mijn rug. Toen ze me weer loslieten, pakte tante Bella me bij mijn arm en trok me mee naar binnen.

'Kijk me die jongen toch eens,' zei ze. Die jongen, dat was ik.

'Yo,' zei een stem achter me.

Ik draaide me om.

'Trym?'

Ik wist niet zeker of de jongen die daar stond mijn neef was. Hij zag er heel anders uit dan de vorige keer dat ik hem had ge-

zien. Je zag trouwens helemaal niet zoveel
van hem, want hij had een pet op en daar-
overheen nog een capuchon.

'Alleen mijn moeder
noemt me zo,' zei hij terwijl hij een gezicht trok.
'Verder noemt iedereen
me *The Dog*.'
'Ben je daarom zo ver-
momd?' vroeg mijn vader
grijnzend.
Hij kwam net langslopen
met een paar tassen.
'Heb je een hondenvacht
gekregen of zo?'
'Papa!'
Ik keek hem streng aan.
Trym, of *The Dog*, glim-
lachte niet. Hij keek vanuit
zijn ooghoeken naar mijn
vader alsof hij een heel ge-

wone volwassen idioot was. En dat was ook
precies wat hij was op dat moment.

'Snoop Dogg,' zei tante Bella. 'Meer zeg ik niet.'

'En jij ook niet,' fluisterde ik tegen mijn vader. 'Geen woord.'

'Kom maar mee, dan laat ik jullie je kamers zien,' zei tante Gro.

Trym verdween naar de woonkamer. Ik kon bijna zijn hele onderbroek zien. Gelukkig liep mijn vader de trap al op, dus hij zag niets en zei niets.

'Bella en de kinderen zijn al geïnstalleerd,' ging tante Gro verder. 'Jullie weten hoe belangrijk dat soort dingen voor haar is. Bedden in de goede richting. Deuropeningen, energiestromen, kleuren, weet ik het allemaal. Maar aan het rieten dak kan ik niets veranderen. Volgens die Feng Shui-filosofie van haar bereiken mensen die onder een rieten dak wonen niets in het leven en is het een stelletje losers, maar daar is even niets aan te doen.'

'Je mag best zelf over dingen nadenken,' zei mijn vader hoofdschuddend. 'Je hoeft toch niet helemaal je kop te verliezen iedere keer als iemand een oud stukje bijgeloof heeft "ontdekt". En het wordt er heus niet beter van als het Chinees is.'

'Er kan toch best iets in zitten,' zei mijn moeder. Tante Gro keek haar doordringend aan. 'Ik bedoel niet dat jij een loser bent of zo,' zei mijn moeder. Ze gaf tante Gro een klopje op haar schouder. 'Jij hebt toch een medaille gewonnen op de atletiekwedstrijden in Rovaniemie en zo. Ik bedoel alleen dat er best iets in kan zitten. Gewoon, in het algemeen.'

'Ja, natuurlijk,' zei mijn vader. 'Als ik met mijn hoofd op de tocht ga liggen, voel ik dat ook. De heftigste energiestromen. Zo erg dat je oren ervan klapperen.'

'Ja, ja.'

Mijn moeder zuchtte.

'Ik hoop niet dat we de hele kerst van die discussies krijgen. Kunnen we niet gewoon afspreken dat we het simpel en gezellig en normaal houden? Dat we gewoon kerst vieren, niets meer en niets minder. Oude tradities. Geen discussies.'

'Ik ben er niet over begonnen,' zei mijn vader.

'Hier zijn jullie kamers,' zei tante Gro luid.

Mijn vader en moeder sliepen samen op een kamer, Magnus en ik op een andere. Daar had ik niet op gerekend. Dat Magnus en ik weer samen op een kamer moesten slapen. Dat was niet goed. Het maakte niet uit hoe je de bedden neerzette.

Beneden hoorde ik de stem van Alice. En vlak daarna de stem van Magnus. Ze zongen. Ze zongen mee met een kerstschlager.

Hij is al 450 jaar, die oude kerstman, dat is raar. Hij is over-over-over-over-over-kerstgrootvaar. De beste vriend van koning Winter. Voelt zich goed in Winterland. Hij heeft een werkplaats in de berg en is de baas van honderd man.

En we waren er nog maar net!

'Mama! Het is echt niet grappig! Ben je mijn
hele toilettas vergeten?'
Een schelle stem snerpte door de lucht, hij
overstemde de kerstklokjes van beneden.
'Dat kan toch niet waar zijn?' ging de schelle stem verder. 'We moeten terug naar huis.
Nu meteen!'
Ik draaide me om. Het geluid kwam uit een
openstaande deur aan het einde van de gang.
Opeens vloog er een schoen in volle vaart
de kamer uit. Vlak daarna nog een. Toen
kwam er een boek en daarachteraan kwam
een meisje met lang blond haar, een roze
joggingbroek en een blik waarmee je iemand kon doden.

'Wat sta jij nou te staren?' snauwde ze.
'Ik… eh…' stotterde ik. 'Ik staar niet. Ik was
gewoon…'
Nu kwam tante Bella achter haar aan
de kamer uit.
'Hou op, Frøy!' zei ze.
Tante Bella zwaaide naar
me en zei: 'Ze bedoelt het
niet zo rot, Sven. Ze is boos
op mij.'
'Hoe weet jij nou wat ik
bedoel?' schreeuwde ze
tegen haar moeder. 'En
ik doe niet rot. Ik vraag
gewoon waar hij naar staart.
Sorry hoor, maar is dat rot?
Hij stáárt toch?'
Toen kwam ze met haar
handen in haar zij voor me
staan en keek me strak aan.
Het gezicht op haar truitje
keek me ook aan. Het gezicht op haar
truitje glimlachte. Boven dat glimlachende

gezicht op haar truitje stond in gouden let-
ters *Paris Hilton.*

Ik moest weg zien te komen. Ik keek de andere kant op, zei geen woord, sjeesde naar
de trap en maakte dat ik met een paar snelle
sprongen beneden kwam. Ik botste bijna tegen Trym op, die op weg naar boven was.

'Ho, ho,' zei hij. 'Heb je haast?'

Voordat ik de kans kreeg om te antwoorden, ging hij verder: 'Weet je wel wat we
eten bij het kerstdiner?'

Wat was dat nou weer voor een vraag?

'Gebraden ribstuk, natuurlijk,' zei ik. 'Dat
eten we toch altijd.'

Hij grijnsde. En schudde zijn hoofd.

'Pizza dan?'

Hij schudde weer zijn hoofd.

'Kalkoen?'

'Nope.'

'Vis? Serieus? Eten we echt vis?'

'Je raadt het nooit,' zei hij triomfantelijk.

Toen boog hij zich naar me toe en fluisterde: 'Kopvlees.'

'Wat voor vlees?'

'Kop. Head, man. Schapenkop. Hij ligt je aan te staren op je bord. Schapen hebben een ontzettend slechte adem als ze léven, maar als ze dood zijn...'

Trym trok een heel vies gezicht. 'En je moet ook de oren en ogen opeten en zo. En de kaak eraf trekken en tussen de tanden door kluiven. En de tong... Je moet het vel van de tong eraf stropen en hem opeten.'

Hoe meer hij vertelde, hoe misselijker ik werd. Het klonk als een horrorfilm. Zo'n film met een kettingzaag en rondspattend bloed voor op het doosje. Voor boven de zestien. Max uit mijn klas had eens een keer zo'n film gezien. Hij zag nog wekenlang bleek.

'Je liegt,' zei ik met trillende stem.

'Nee. We zijn hier op het platteland. Het platteland stinkt. De mensen hier zijn gek. Het is hier echt niet veilig. 50 Cent zou flippen hier. En die heeft al heel wat meegemaakt. Hij is zelfs een keer neergeschoten.'

Trym liep met grote, zware passen de trap op. Hij zei niets meer. Zijn broek hing onder zijn kont. Ik bleef even staan om te kijken of hij helemaal naar beneden zou zakken, maar dat gebeurde niet.

Ik trok mijn jas aan en ging naar buiten.

De monsterkat was godzijdank nergens te bekennen. Ik liep meteen naar de auto en ging bij meneer Jansen op de achterbank zitten. Hij gluurde slaperig tussen zijn pluk hooi uit.

'Het ziet er niet best uit,' zei ik. 'Het is allemaal nog veel erger dan ik dacht. Jij en ik zijn de enige normalen hier. En we mogen niet eens bij elkaar zijn.'

Ik zag Alice die over het erf kwam aanlopen met een emmer in haar hand. Ze kwam uit de schuur of de stal of wat het dan ook was en liep langs onze auto, zonder naar binnen te kijken. Ze veegde haar voeten en ging het huis in.

'Of misschien…'

Ik deed de kooi open en haalde meneer Jansen eruit. Ik liet hem in de mouw van mijn jas kruipen. Toen stapte ik uit de auto en liep naar de schuur waar Alice net vandaan was gekomen.

De deur was zwaar. Hij knarste toen ik hem opendeed. Binnen was het heel donker en het stonk er verschrikkelijk. Een heleboel lichtgevende ogen staarden me aan alsof ik van de maan kwam.

'Hallo eh… dieren,' mompelde ik.

Na een poosje waren mijn ogen gewend aan het donker en de lichtgevende ogen bleken van schapen te zijn. In het hok ernaast stonden geiten en daar weer naast zaten kippen.

De kleine geitjes kwamen naar me toe huppelen. Ze staken hun kopjes tussen de spijlen van het hok door.

Meneer Jansen draaide zich om in mijn mouw. Ratten hebben een heel sterk reukvermogen en een heel goed gehoor. Hij

45

vroeg zich waarschijnlijk af wat er aan de hand was.

Het leek wel of de geiten het leuk vonden dat ik er was. Ze wilden me begroeten. Maar de schapen stonden me alleen stokstijf aan te staren. Al die starende ogen samen leken net één reusachtig starend oog.

'Boe!' riep ik en ik stampte met mijn voet op de grond.

De hele groep schapen sprong naar achteren, ze botsten tegen elkaar op en drukten zich met z'n allen tegelijk tegen de muur aan de andere kant van het hok. De geiten vonden het alleen maar grappig zo te zien. Ze duwden hun koppen nog fanatieker tussen de spijlen door. De kippen kakelden en maakten een enorm kabaal, een arrogante haan stapte ertussendoor. Die verbeeldde zich vast dat hij de allerhoogste baas was.

Links van de geiten was een deuropening naar een volgende ruimte. Ik liep erheen en keek naar binnen. Het was niet groot, eigenlijk was het alleen een gangetje met een steile trap naar de zolderverdieping. Ik probeerde langs de trap omhoog te kijken, maar het was heel stil en donker daarboven.

Ik haalde meneer Jansen uit mijn mouw. Hij snuffelde en luisterde. Of eigenlijk snuffelde hij nog het meest. Het rook naar dierenpis en dierenpoep. En behoorlijk ook! Maar bij de gedachte aan schapenkop, Paris Hilton, Magnus en schlagermuziek leek de geur hierbinnen op de een of andere manier gezellig. Smerig, maar vreedzaam. Eigenlijk had meneer Jansen geluk dat hij hier mocht slapen en niet in het huis.

Ik ging terug naar de dieren. De schapen waren weer naar voren gekomen, maar zodra ze mij zagen, sprongen ze weer naar achteren.

'Wat een sukkels,' fluisterde ik in de vacht van meneer Jansen. '*Wij* zijn toch niet gevaarlijk.'

Toen hoorde ik nog verder achter in de stal een geluid. Ik zag twee hoge schaduwen bewegen.

Eerst dacht ik dat het misschien paarden waren, en ik voelde me niet op mijn gemak bij paarden. Paarden waren dieren die met de ene kant beten en met de andere kant schopten. Maar het leken me niet echt paarden. Als het dieren waren daarbinnen, en ik was er tamelijk zeker van dat dat het geval was, dan waren ze kleiner dan paarden. Ze maakten ook geen paardengeluiden.

'We moeten op onderzoek uit, Jansemans,' fluisterde ik met mijn mond vlak bij zijn oor.

Toen liet ik hem op mijn schouder kruipen.
Hij nestelde zich onder mijn oor, zijn kop
alert omhoog en zijn staart stevig om mijn
nek.

Het waren geen paarden. Het was een dier
dat ik alleen nog maar in de Donald Duck
had gezien. Een dier dat leeft in de bergen
van Zuid-Amerika. Het ziet er ongeveer uit
als een kruising tussen een struisvogel en een
rendier, met een lange nek, een klein hoofd-
je en een hele dikke vacht, en het spuugt
naar mensen die het niet aardig vindt. Het
waren er twee.

'Lama's? Zie jij wat ik zie, Jansemans?'
Daar had niemand iets over gezegd. Zou het
een verrassing zijn? Of misschien was het
een geheim? Misschien waren lama's verbo-
den hier in Noorwegen?
Ik liep voorzichtig naar ze toe. Ik had geen

zin om een klodder spuug in mijn gezicht te krijgen.

'Hoe moet je tegen een lama praten, denk je?' Ik keek schuin opzij naar meneer Jansen.

Meneer Jansen stak zijn snuit in de lucht en snoof.

'Ja, misschien…'

Ik probeerde ook te snuiven. De lama's reageerden totaal niet. Ze trippelden alleen onrustig rondjes om zichzelf.

Ik hield op met snuiven en probeerde het op de mensenmanier.

'Hallo,' zei ik zacht fluisterend. 'Ik ben niet gevaarlijk hoor. Leuk om jullie te zien. Jullie zien er precies hetzelfde uit als in de Donald Duck.'

Ik kwam voorzichtig dichterbij en stak mijn hand uit. Die verdween in de bek van een van de twee, maar toen hij doorhad dat ik niets eetbaars had spuugde hij me snel weer uit. Ik probeerde hem te aaien; zijn vacht was dik en zacht. Maar hij deed snel een paar stappen achteruit. Ik had niet eens de tijd gehad om het kwijl aan hem af te vegen, dus ik veegde mijn hand maar af aan mijn broek.

'We moeten erachter zien te komen hoe dit zit,' zei ik tegen meneer Jansen.

Ik pakte hem weer van mijn schouder en
stopte hem terug in mijn mouw. Toen
draaide ik me om en liep vlug de stal uit.
Achter me vlogen de schapen alle kanten op.

Tante Gro was buiten hout aan het hakken.
'O, was je daar!' zei ze. 'Je vader zoekt je.'
'Er zijn daar lama's,' zei ik.
'Nee, echt?' zei tante Gro en ze kliefde een
groot blok hout met een perfecte bijlslag
doormidden.
'Daar heeft mijn moeder niets over gezegd.'
Tante Gro strekte haar rug en zette de bijl
op de grond.
'Dat is niet zo gek. Zij wist het ook niet.
Het moest een verrassing zijn, snap je. Het
zijn trouwens een lama en een alpaca. Ze
heten Tina en Dolly. Ze zijn van dezelfde
familie, de familie van de bultloze kamelen,
maar de alpaca is kleiner en ze heeft meer

haar. Het mooiste, zachtste haar van de wereld, jongen. *Haar* dus. Geen vacht.'

Tante Gro liet haar blik over mijn haar gaan.
De vorige keer dat we elkaar zagen had ik
denk ik nog spikes. Nu was het een stuk lan-
ger en deed ik er geen gel meer in. Even
leek het of tante Gro eraan wilde voelen,
maar ze deed het niet. In plaats daarvan zei
ze: 'Je kunt er de prachtigste truien van brei-
en. Vroeger hadden alleen de Incakoningen
dat soort truien.'

'Ga jij breien, tante Gro? Heb je daarom een
la… eh, alpaca?'

Ik keek naar tante Gro's handen. Dikke
worstvingers.

'Lieve help, nee,' zei ze terwijl ze bukte om
een volgend dik houtblok te pakken. 'Ik was
de nachtmerrie van onze handvaardigheid-
lerares. Het lukte me gewoon niet. Nee, we
hebben het hier over boerderijtoerisme,
Sven. Slapen op de boerderij, dat soort dingen. Maar dan moet je wel dieren hebben,
dan komen de mensen met hun kinderen.

Lama's zijn ook heel geschikt om trektochten mee te maken. Ze dragen je bagage en ze zijn sociaal en vriendelijk. Waarom zouden die mensen daar in het Andesgebergte ze alleen voor zichzelf moeten hebben? Wij hebben hier toch ook bergen en hoogvlaktes!'

'Maar ze spugen! Dat heb ik tenminste in de Donald Duck gelezen.'

'In de wereld van Donald Duck lopen eenden in matrozenpakjes en koeien in jurken, Sven. Haal je daar je informatie vandaan?'

Tante Gro keek me aan. Het leek wel of ze mij op het hakblok wilde leggen om een beetje verstand in mijn kop te timmeren.

'Maar,' ging ze verder, 'ik kan je wel vertellen dat ze normaal gesproken niet spugen. En áls ze spugen, spugen ze vooral naar elkaar. Als ze ergens heel erg boos over zijn of geïrriteerd. En het is eigenlijk geen spuug trouwens, het is braaksel. "Ik word misselijk van je. Ik spuug op je." Dat is het idee. Maar ze doen het bepaald niet voor hun plezier.

Als het net zo vies smaakt als het ruikt, en dat is echt HEEL ERG VIES, dan begrijp ik wel dat ze het niet graag doen. Je zou ze eens moeten zien nadat ze gespuugd hebben. Hun bek hangt half open en de rest van het lekkers loopt eruit als kwijl waar ze dolgraag vanaf willen.'

Tante Gro sloeg nog een blok hout in stukken. Toen leunde ze op haar bijl en zei:

'Er was hier een poosje geleden een mevrouw. Ze had ze vanaf de weg gezien en haar auto ons erf op gestuurd, ze was helemaal door het dolle. Ze kwam aanlopen in haar grote bontjas, met een sigaret in haar mondhoek. We probeerden haar nog te waarschuwen dat ze niet te snel op ze af moest lopen, maar het leek wel of we tegen een muur stonden te praten. Ze hield heel veel van dieren, zei ze en ze had altijd erg goed contact met ze. Ja, ja, dachten wij. Wat jij wilt... Ze draafde recht op Tina af terwijl ze een soort klakgeluid maakte met haar tong. Toen nam ze een paar trekjes van haar

sigaret en blies de rook zomaar in Tina's gezicht. We kregen niet eens de tijd om te reageren of Tina had al een flinke klodder opgehoest en spuugde die recht in het gezicht van die vrouw.'

'Ai!'

Ik keek tante Gro met grote ogen aan. 'Kwam dat doordat ze rookte? Was Tina daarom boos?'

'Ja, dat óók. Maar je moet het zo zien: Er komt een groot wezen aanlopen. Het draagt een bontvacht van een onbekende soort en het ruikt naar bosbrand. Bovendien maakt het wezen een geluid dat lijkt op het geluid dat lama's maken als ze zich klaarmaken om te spugen. Tina probeert dat dreigende beeld voor zichzelf uit te leggen en reageert snel omdat ze denkt dat ze wordt aangevallen. Dat is heel logisch.'

'Was ze boos? Die mevrouw bedoel ik.'

'Nou, ze moest niet bepaald lachen toen ze in haar auto stapte en wegreed.'

'Ah, daar ben je!'

Mijn vader stond in de deuropening.

'We vroegen ons al af waar je was gebleven. We dachten dat je ervandoor was gegaan.

Of dat je was gekidnapt door ruimtewezens.
Ha, ha.'
'Ze hebben hier lama's, papa! Twee. Een la-
paca en een, nee... een lama en een...'
'Alpaca,' zei tante Gro.
'Grote alpaca!' zei mijn vader en hij kwam
op de trap staan.
'Nee, de alpaca is juist heel klein, ja toch
tante Gro?'
Ze knikte. 'Relatief klein, ja.'
Ik sprong de trap op en trok mijn vader naar
me toe zodat ik iets in zijn oor kon fluiste-
ren.
'Mag ik daar slapen, met meneer Jansen en
de lama's en alle anderen?'
'Uh,' zei mijn vader hardop. 'Durf je dat?'
'Durf je wat?' vroeg tante Gro.
'Deze jongen wil bij de dieren in de schuur
slapen,' zei hij.
'Dat mag best,' zei tante Gro.
'Samen met zijn rat,' ging mijn vader verder.
'Dan weet je dat ook meteen.'
'Zijn rat? Hebben jullie die meegenomen?'

Tante Gro strekte haar rug en keek me aan. Ik knikte voorzichtig en klopte even op mijn mouw met meneer Jansen erin.

Tante Gro bleef doodstil staan met de bijl in haar hand. In een flits zag ik meneer Jansen al op het hakblok zitten.

'Jullie zeggen geen woord tegen Alice!' zei ze terwijl ze dichterbij kwam staan. 'Die krijgt een acute aanval van paranoia. Uitslag. Jeuk. Opvliegers. Een hartstilstand. ROOS! Sven, je bent mijn lievelingsneef en we hebben samen heel wat leuke dingen meegemaakt, maar soms... Jij en die rat van je – jullie zijn niet uit elkaar te krijgen. Jullie lijken wel een Siamese tweeling.'

Ze keek me streng aan. Ik voelde dat ik ineenkromp.

'Ik zal niets zeggen,' stamelde ik, 'maar... mag het? Ze hoeft het toch niet te weten.'

Tante Gro dacht even na. Toen knikte ze.

'Oké. Ik denk dat het wel kan. Maar ik zeg je nog eens: geen woord over die rat!'

'Er is sneeuw voorspeld,' zei mijn vader.
We stonden in de gang. Hij had net naar het
weerbericht geluisterd.
'Dan krijgen we misschien toch nog een
witte kerst.'
'O, wat mooi,' zei mijn moeder blij.
Ze kwam de trap aflopen.
'Bergen witte sneeuw! Fakkels op het erf en
kerstversiering in de vensterbank. Ik krijg
tranen in mijn ogen bij het idee. In dat op-
zicht ben ik ontzettend sentimenteel.'
'En schapenkop,' zei ik. 'Voor het kerstdiner.'
Daar kreeg *ik* tranen van in mijn ogen.
'Waar heb je het over?' zei mijn moeder ter-
wijl ze me vragend aankeek.

'Schapenkop. Met ogen en oren en hersenen en vieze derrie en...'

'Maar lieve Sven toch,' zei mijn moeder. 'Het kan best zijn dat Gro en Alice vóór de kerst kopvlees hebben gegeten, als je dat bedoelt, maar dat krijgen we echt niet voor het kerstdiner hoor! We eten gebraden ribstuk. En gehaktballen. Net als altijd. Hoe kom je daar trouwens bij?'

Ik hoefde geen antwoord te geven, want opeens stond tante Gro in de deuropening met de bijl in haar ene hand en een zaag in de andere.

'We gaan een kerstboom halen. Wie gaat er mee?'

Alice kwam uit de woonkamer. Ze duwde Frøy voor zich uit. Frøy keek boos.

'Wij gaan mee. Natuurlijk gaan we mee. Ja toch, Frøy?'

Alice kreeg geen antwoord. Frøy keek alleen nog bozer.

Iedereen ging mee. Meneer Jansen ook, in het diepste geheim in de mouw van mijn jas.

We gingen naar het bos dat achter de stal en de voorraadschuur en de oude buiten-wc lag. We liepen op een rijtje achter tante Gro aan. Er lag niet veel sneeuw, dus ze hoefde niet echt een pad vrij te maken met haar hoge rubberlaarzen. Maar ze liep luidkeels te zingen: 'Ik stond laatst voor een poppen-kraam'. En bij "Ze deden allemaal zo" moesten we allemaal hinkelen. Mijn vader gleed uit en viel op zijn billen. En toen Magnus mocht zeggen wat we moesten doen, riep hij natuurlijk dat we scheten moesten laten.

'Hou op,' zei ik. 'Als jij een scheet laat, ver-pest je de ozonlaag met het gas dat vrijkomt en dan smelten de gletsjers en dan komen alle ijsberen hiernaartoe en eten ze jou op!'

'Misschien eten ze *jou* wel op,' zei Magnus en hij trok een gezicht.

'Nou, dan fluiten we toch gewoon,' zei tan-te Bella. 'Daar wordt de ozonlaag echt niet door verpest.'

'Maar mijn humeur wel,' zei Frøy met een

schuine blik op haar moeder. 'Kunnen we
niet normaal lopen? Jezus, dit is zó kinder-
achtig!'
'Normaal lopen is op zich al een uitdaging,'
zei mijn vader, die weer overeind was ge-
krabbeld.
'Zijn we er bijna?' vroeg Trym geeuwend.
'Er staan hier overal bomen. Hak er gewoon
een om.'

'Die!' riep ik. Ik zag een mooie dennen-
boom die een beetje apart stond.

'Nee, die is té mooi,' zei Alice. 'Dat is over
een jaar of veertig, vijftig mooi timmerhout.
Maar die daar...'

Alice wees naar een andere boom die tegen
een grotere aan stond.

'... ziet er goed uit. Over een paar jaar
neemt die grote boom al het licht weg, dus
hij zal nooit mooi kunnen uitgroeien. Die
kunnen we wel nemen.'

'Geef mij die bijl maar,' zei mijn vader. 'Dat
is mannenwerk.'

Mijn moeder sloeg haar ogen ten hemel.

Tante Gro gaf hem met een grijns de bijl en
zei: 'Ja, natuurlijk. Maak jij hiermee maar
een kerfje, dan zaagt Alice hem daarna om.'

Het werd al donker en er zat nu echt
sneeuw in de lucht. Het bos rondom ons
was heel stil. Ik was blij dat ik niet alleen
was. Ik geloofde natuurlijk niet in trollen en
zo, maar ik wilde liever niet alleen in het bos
zijn als het donker was. Het was griezelig. Je

zag trollen, ook al geloofde je er niet in. Het ging onwillekeurig. Het leek wel of ze overal opdoken. Uit de bosjes en de struiken. Tussen de bomen en de stenen.

En toen zei Frøy ook nog eens: 'Het is hier scary!'

Ze straalde bijna als een kerstster in haar gouden jack.

'En megakoud,' rilde Trym.

Hij droeg basketbalgympen en een sweater met een capuchon en hij had geen wanten of handschoenen aan.

'Straks komt de grote boze wolf en die eet je op,' zei mijn vader met een zware stem. 'The wolfman!'

Hij probeerde griezelig te doen, en tilde de bijl hoog boven zijn hoofd. En hij deed ook een mislukte poging om te huilen als een wolf.

Meneer Jansen verstijfde. Ik ook, maar dat kwam alleen doordat ik me heel erg schaamde.

'Pas op, daar komt-ie!'

De spar die Alice had omgezaagd viel op de grond.

'Hoera!' riep tante Bella en ze klapte in haar handen.

Frøy schudde haar hoofd en draaide zich om.

Toen liepen we in een rijtje terug, mijn vader voorop, zingend, hij sleepte de kerstboom achter zich aan.

'Ik stond laatst voor een poppenkraam...'

Nu begon het echt hard te sneeuwen. Er dwarrelden grote dikke sneeuwvlokken naar beneden. Mijn moeder raakte er helemaal opgewonden van. Ze glimlachte van oor tot oor, ze kreeg bijna oorsmeer in haar mond- hoeken. Magnus rende rondjes om zichzelf heen, hij leek wel een propeller. Hij stak zijn tong uit om de sneeuwvlokken op te vangen. Toen viel hij natuurlijk op zijn snufferd.
Ik draaide me om om te zien hoe het ach- teraan in de rij ging. Trym leek de ver- schrikkelijke sneeuwman wel. Hij liep te waggelen en er lag een hoopje witte sneeuw boven op zijn pet en zijn capuchon. Het leek wel een klodder slagroom. Achter hem

liep Frøy in haar lichtgevende gouden jack. Het was heel glad en glimmend, dus de sneeuw gleed er gewoon af zodra hij op haar neerkwam. Ze keek alleen maar naar de

grond terwijl ze voortstampte op haar licht-
bruine, langharige laarzen.

Toen we bij de boerderij kwamen, wilde iedereen de dieren zien. Alice haalde wortelen
en oud brood dat ze van de winkel had gekregen.

De Afrikaanse dwerggeitjes werden helemaal
wild. Ze hadden niet genoeg aan het brood
en de wortelen. Eentje probeerde Frøys
gouden jack op te eten.

'Hééé!!! Kappen daarmee!' schreeuwde ze
terwijl ze haar jack uit de bek van het kleine
sikje trok. 'Getver! Kijk nou, al dat vieze
kwijl op mijn jack! MAMA! VEEG HET ERAF!'

Op hetzelfde moment nam een ander klein
sikje een flinke hap van haar laarzen.

'MAMA!' brulde ze. 'KOM NOU!'

Ze rukte haar been los. Het kleine boefje
had zijn bek al vol lichtbruin laarzenhaar en
stond er tevreden op te kauwen.

Frøy keek naar haar jack. Ze keek naar haar
laars. Toen weer terug naar haar jack. Toen
keek ze naar mij.

'Wat sta je nou te staren,' snauwde ze. 'Vind je het grappig of zo?'

Ik vond het heel grappig.

'Nee,' zei ik.

'Kom eens, Frøy,' riep tante Bella. 'Je raadt nooit wat ze hier hebben, lieverd!'

Frøy stond in zichzelf te mopperen. Toen pakte ze een pluk hooi om haar jack af te vegen. Ze keek me hooghartig aan, draaide zich om en liep de achterste stal in.

Meneer Jansen was druk bezig zijn werkterrein te verleggen. Hij draaide zich om in mijn mouw en daar verscheen zijn snuitje al bij mijn hand.

'Ik denk dat jij beter kunt zorgen dat je uit de buurt blijft,' zei ik tegen hem terwijl ik over zijn snuit aaide. 'Die geiten stoppen echt *alles* in hun mond. Volgens mij denken ze dat alles eetbaar is. Jij óók, dan weet je het vast.'

Ik duwde meneer Jansen met een beslist gebaar terug. Soms moet je gewoon even streng zijn.

Mijn vader had de kerstboom naar binnen gebracht en kwam samen met Magnus de schuur in. De schapen, die zich een tijdje rustig hadden gehouden, schoten weg. Dat vond Magnus ontzettend grappig. Binnen de kortste keren was de kudde schapen een complete chaos en Magnus rende heen en weer voor het hek en zong: 'Leve het platteland, dat hebben wij niet in de stad.' Hij joeg ze steeds opnieuw de stuipen op het lijf. Als ik een schaap was geweest, had ik een sms'je teruggestuurd: 'Ja, en ga nu maar weer gauw terug naar die stad van je!'

'Zo is het wel weer mooi geweest,' zei mijn vader terwijl hij Magnus oppakte. Magnus stribbelde tegen.

'Kom ccns, papa, ik wil je iets laten zien,' zei ik en ik trok hem aan zijn jas. 'Gooi dat wilde joch maar zo lang bij de geiten.'

Magnus probeerde zich los te rukken, maar mijn vader had hem in de houdgreep en nam hem onder zijn arm mee.

In het achterste gedeelte van de schuur voerde Frøy brood en wortelen aan Dolly en Tina. Ze zag er opeens heel anders uit, bijna aardig.

'Weet jij wat voor dieren dat zijn, Magnus?'

Magnus hing rustig in mijn vaders armen. Hij schudde zijn hoofd.

'Een lama en een alpaca,' zei ik. 'Die witte is de lama. Ze heet Tina. Die bruine met die dikke vacht is de alpaca. Die heet Dolly.'

'Van de Dolly Dots?' zei Magnus.

'Nee, Dolly Parton,' zei Alice.

Ik was boos omdat Frøy ze voerde. Natuurlijk vinden ze je aardig als je lekkers uitdeelt. Dan maakt het niet uit dat je eigenlijk een chagrijnige bitch bent.

'Je moet wel even weten dat ze spugen als ze je niet aardig vinden.'

Ik keek naar Frøy terwijl ik dat zei.

Magnus keek me met grote ogen aan.

'Grote klodders vieze, smerige, stinkende derrie,' ging ik verder. 'Je krijgt het bijna niet meer uit je kleren.'

'Cool,' zei Trym.

Hij stond ergens achter in de schuur tegen de muur geleund, zijn handen diep in zijn zakken.

Ik wilde het liefst dat ze allemaal weggingen. Ik wilde dat dit mijn plek was. Van mij en meneer Jansen. Hier zouden we met rust gelaten worden, maar nu stond de hele schuur vol mensen!

Ik trok mijn vader naar me toe. Hij zette Magnus neer.

'Heb je de kooi van meneer Jansen gehaald?' fluisterde ik.

Hij knikte.

'Hij staat onder de trap.'

'Wanneer gaan ze weg?' vroeg ik.

'Zo dadelijk,' zei hij.

Het duurde een eeuwigheid, maar ten slotte gingen ze allemaal weg. Frøy ook, want ze had geen eten meer om uit te delen en was opeens niet meer zo populair. Dacht ik het niet.

Ik moest mee naar binnen om wat spullen te halen, maar eerst zette ik meneer Jansen in

zijn kooi. Ik gaf hem een extra pluk hooi
zodat hij zich goed kon ingraven. Er was
meer dan genoeg hooi hier in de schuur.
'Ik kom zo terug,' zei ik toen ik wegliep.
Ik zag alleen nog maar het puntje van zijn
staart.

Het bleef sneeuwen. Het kwam met bakken uit de hemel. Bovendien stond er een harde wind. Zelfs als je het kleine stukje van de schuur naar het huis liep, prikten er kleine naaldjes in je wangen.

'Weet je zeker dat je in de schuur wilt slapen?' vroeg mijn moeder terwijl ze me onderzoekend aankeek.

Ik knikte.

'Ik wil bij meneer Jansen zijn,' zei ik. 'Hij vindt het niet fijn om alleen te zijn op een vreemde plek. Misschien denkt hij wel dat hij een nieuw tehuis heeft gekregen. Waar is Bertil? Ik heb hem niet meer gezien nadat we aankwamen.'

'Die zwerft vast ergens buiten,' zei mijn moeder. 'Dat doen katten graag.'

'Met dit weer?'

'Hij heeft vast slimme schuilplaatsen,' zei ze.

'Waar? In de schuur bijvoorbeeld?'

'Misschien.'

'Ja, inderdaad, misschien ja. En daarom wil ik graag bij meneer Jansen zijn.'

'Ik zei toch dat we meneer Jansen thuis moesten laten. Ik zei toch dat ze een kat hadden. Silje had vast voor hem willen zorgen. En anders Melissa wel. Hij zou ontzettend zijn verwend.'

'Rustig, moeder,' zei mijn vader. 'Jij ook, Sven. Meneer Jansen zit veilig in zijn kooi. Denk maar aan die mensen die in zee gaan om haaien en reuzeninktvissen te filmen of zo. Die zitten ook in traliekooien. En dat gaat ook prima. Als een oude, eenogige kater het grootste gevaar vormt in die schuur, dan denk ik dat Sven en meneer Jansen het wel zullen redden. En als het al te gek wordt, heeft hij altijd zijn mobiel nog. We kunnen ieder moment te hulp schieten als er gevaar dreigt.'

Ik had mijn spullen gehaald. We stonden in de gang. De deur van de televisiekamer stond op een kier. Magnus en tante Gro zaten naar een dvd van een schlagerfestival te kijken. Het was heel duidelijk waarvandaan het meeste gevaar dreigde hier op de boerderij!

Ik had gezegd dat ik me niet zo lekker voelde en dat ik naar mijn kamer ging zodat de anderen zich niet zouden afvragen waar ik was. Maar als Magnus naar bed moest, zou hij natuurlijk vragen waar ik was.

'Als hij gaat zeuren dat hij ook in de schuur wil slapen, verzin ik wel een verhaal over aardmannetjes en trollen en zo,' fluisterde mijn moeder. 'Ik denk dat hij het dan niet zo erg meer vindt om veilig binnen te slapen, met papa en mij in de buurt.'

Ze gaf me een kneepje in mijn wang. 'Met jou lukt dat niet meer. Jou houd je niet meer voor de gek met dat soort verhaaltjes. Nou. Ga nou maar.'

Mijn vader ging met me mee. We ploegden
door de sneeuw, er lag al best veel. Alles was
wit. Onze auto was geen blauwe stationcar
meer, maar een witte sneeuwsculptuur. Of
liever gezegd, er stonden *drie* sneeuwsculpturen.

Ik kon me herinneren dat de auto van tante
Bella er ook stond toen wij aankwamen,
maar meer auto's hadden er niet gestaan.
Zou tante Gro er een auto bij hebben gezet?
Of een tractor misschien?

Mijn vader pakte een bezem en veegde een
stukje voor de schuurdeur schoon. Toen
klopten we de sneeuw van ons af en gingen
naar binnen.

We legden mijn slaapzak op een hoop hooi in het hoekje onder de trap naar de zolder.

Ik had een zaklantaarn meegenomen en muziek en koekjes en een paar oude strips.

'Wil je nog even op zolder kijken voordat je weggaat, papa? Niet dat ik bang ben, maar dan is het maar vast gebeurd. Dat moet je altijd doen, toch, voordat je het je ergens gemakkelijk maakt.'

'Ay, ay,' zei mijn vader. 'Dat is helemaal niet zo'n slechte regel. Wacht maar even.'

Hij klom de steile zoldertrap op. Ik hoorde hem rondscharrelen boven mijn hoofd. Ik klom hem achterna. Halverwege de trap bleef ik staan, met mijn hoofd boven de rand.

'Alleen ouwe troep,' zei hij toen hij zijn ronde had gemaakt.

'Stel je voor dat er een kabouter op deze boerderij woont,' ging hij verder toen we weer naar beneden klommen. 'Eigenlijk zijn kabouters helemaal niet zo vervelend. Als je je aan de regels houdt tenminste; geen lawaai maken, niets kapotmaken en geen rottigheid uithalen. Daar houden ze niet van. Dan kunnen ze boos worden en dan weet je nooit wat er gebeurt.'

'Papa!'

Ik gaf hem een duw. 'Boerderijkabouters bestaan niet. Daar geloofden ze vroeger in, nu niet meer.'

'Tja...'

Hij ging op een van de traptreden zitten. 'We zijn hier op het platteland, Sven. Misschien *is* het nu niet meer vroeger, maar het *voelt* nog wel als vroeger. De grond en het bos zijn er altijd al geweest. De huizen staan hier al vele generaties lang. Het zit als het ware in de muren. Het is heel moeilijk te zeggen wat het precies is. En wat er wel of niet bestaat...'

'Je neemt me in de maling!'

Ik keek hem streng aan.

'Heb je onze auto gezien? Hij zat helemaal onder de sneeuw,' ging hij verder terwijl hij me aankeek. 'Vond je niet dat hij op een

ondergesneeuwde trol leek? Ik weet niet of het iets met het donker te maken heeft, en de stilte, maar ik denk nooit zoiets als ik hem thuis in onze straat ondergesneeuwd zie staan. Het enige dat ik dan denk is wat een karwei het zal zijn om hem weer uit te graven.'

Hij keek me ernstig aan. Maar toen grijnsde hij. Hij pakte me bij mijn arm en trok me naar zich toe.

'Nee hoor, dat is maar flauwekul,' zei hij. 'Er zijn hier geen trollen en ook geen spoken.'

Hij gaf een kneepje in mijn hand en glimlachte naar me met een blik van verstandhouding.

'Nou, slaap lekker.'

Hij tikte op de kooi. 'Jij ook, meneer Jansen!'

Toen ging hij weg.

Ik kroop meteen in mijn slaapzak. Ik lag te luisteren.

Ik hoorde heel veel onbekende, vreemde geluiden en die kwamen niet alleen van de dieren. Bovendien waren de geluiden die de dieren maakten niet griezelig. Wat wél griezelig was, was het gieren van de wind die aan het dak en de muren van de schuur rukte en trok. Het leek wel of er buiten iemand stond te huilen.

Ik moest denken aan de ondergesneeuwde auto's, maar eigenlijk wilde ik daar liever niet aan denken. Want toen ik dat deed, kwamen ze overeind en waggelden weg, precies zoals in een reclame die ik een keer op televisie had gezien. Ze kregen armen met grote knijphanden en de grille veranderde in een grote bek met puntige tanden. Ze verslonden echt alles, mensenvlees en allerlei andere soorten vlees.

Ik dacht dat ik iets hoorde op de zolder. Sluipende voetstappen. Ik ging half overeind zitten en hield mijn adem in.

'Bertil? Poeoeoespoespoes... Ben jij dat?'

Ik verwachtte half en half dat hij de trap af zou komen sluipen terwijl hij me aanstaarde met zijn ene oog. Maar er gebeurde niets. Het werd helemaal stil.

Ik ging weer liggen. Ik kroop diep weg in

mijn slaapzak. Toen ik vlak naast me iets hoorde krabbelen, schrok ik me bijna dood. Meneer Jansen kwam tevoorschijn uit zijn bal hooi en stak zijn snuit tussen de spijlen van het hok door.

'Jansemans! Ik schrok me dood!'

Ik haalde mijn ene arm uit de slaapzak, stak mijn wijsvinger uit en aaide hem over zijn snuit.

'Vind jij het hier ook eng? Wil je bij me komen liggen in mijn slaapzak?'

Hij tilde zijn kop op.

'Maar dan moet je wel beloven dat je daar blijft. Je weet wat papa altijd zegt: "Het is een jungle daarbuiten". We zijn hier wel niet echt in de jungle, Jansemans, maar het maakt eigenlijk niet uit of je wordt opgegeten door een geit of door een leeuw. Opgegeten is opgegeten. Snap je dat?'

Hij keek me aan. Zijn snorharen trilden. Hij concentreerde zich heel erg.

Ik deed de kooi open, haalde meneer Jansen eruit en liet hem in mijn slaapzak kruipen.

Toen trok ik het koord helemaal dicht zodat alleen mijn hoofd er nog uitstak. Met meneer Jansen dicht tegen me aan viel ik in slaap.

'Verdomme!'

Ik werd wakker van een stem die vloekte.
Of had ik het gedroomd? Ik lag te luisteren
in het donker. Ik hoorde helemaal niets be-
halve de geluiden van de dieren in de
schuur.

Ik deed mijn ogen dicht en stak mijn neus
diep in mijn slaapzak. Het was een droom,
ik wist het zeker, en nu ging ik weer slapen.

'Het is toch werkelijk...'

Daar was de stem weer. Het was geen
droom. Er was iemand!

Ik voelde in mijn slaapzak naar meneer Jansen. Hij was er toch niet weer vandoor
gegaan ondanks mijn waarschuwing? Had

hij nu wéér niet geluisterd naar mijn wijze woorden?

De dieren waren onrustig. Ik hoorde ze trappelen en tegen elkaar aan botsen.

'Houd je koest, anders maak ik stoofpot van jullie!'

Daar was die stem weer. Duidelijker kon het niet. Ik had het me niet verbeeld. Het was een mannenstem, maar het was niet mijn vader. De stem klonk ook niet bepaald vriendelijk.

Ik maakte het koord van mijn slaapzak los en ging overeind zitten. Mijn hart bonkte heel snel en heel hard.

Toen werd het heel stil. Het enige geluid dat ik hoorde was het suizen in mijn eigen hoofd en het bonken in mijn borst.

Was er nou iemand of niet? Was het meneer Jansen, de koning van de ontsnapping?

Meneer Jansen deed vaak gekke dingen. Hij was niet alleen een nieuwsgierig ventje dat altijd op zoek was naar nieuwe avonturen, hij kon ook met andere dieren praten. Hij had er een keer voor gezorgd dat ik niet werd platgedrukt door een knol. Meneer Jansen de paardenfluisteraar. Bovendien begreep hij wat ik zei en ik begreep wat hij zei, al sprak hij geen mensentaal. Of sprak hij wel mensentaal? Als hij het wilde? Stond hij daar nu in de stal, in het middenpad, liet hij de schapen en de geiten heen en weer rennen en had hij de grootste lol?

Ik wou dat het zo was, maar eigenlijk geloofde ik het niet. Daarom wurmde ik me voorzichtig, zonder de rits open te doen en zonder een geluid te maken, uit mijn slaapzak. Ik stond op en sloop heel zachtjes naar de deuropening. Ik boog precies zo ver naar voren als nodig was om om het hoekje van de stal te kunnen kijken.

Wat ik zag, was niet meneer Jansen. Op een bankje voor het schapenhok zat een kabouter! Niet zo'n kleine boerderijkabouter als waar mijn vader grapjes over had gemaakt, maar een levensgrote. Met een rode muts, een lange witte baard en een dikke buik on-

der zijn rode jas. Hij zag er eigenlijk meer
uit als zo'n kerstman die door het winkel-
centrum loopt en peperkoekjes uitdeelt en
vraagt wat je graag wilt hebben voor Kerstmis. Naast hem stond een grote bruine zak.
Mijn mond viel zo ver open dat mijn kaak
bijna ontwricht raakte. Zo voelde het tenminste. Ik kneep mezelf in mijn arm. Sliep

ik dan toch nog? Was het allemaal een droom?

Ik trok me terug en ging met mijn rug tegen de muur staan. Zou het... zou het een van *hen* zijn? Ik geloofde niet echt in Dans theorieën. Ik had er altijd een beetje aan getwijfeld om het zo maar eens te zeggen. Maar niemand beweerde dat er geen leven *bestond* in de ruimte. Zelfs de onderzoekers die er het allermeest vanaf wisten niet. Ik had natuurlijk wél mailtjes gestuurd, half serieus en half voor de grap. Wat had ik gedaan? Zou Dan toch gelijk hebben?

Ik boog weer naar voren. Ik moest nog een keer kijken – maar de kruk was leeg en de kerstman was weg!

Ik boog nog iets verder naar voren. Was ik gek aan het worden?

Toen werd ik plotseling door iets beetgepakt en naar voren getrokken. Het was iets groots en roods. Het was de kerstman.

'Zo, zo, ben jij mij aan het bespioneren?' vroeg hij.

'Nee. Nee, echt niet,' stotterde ik. 'Ik lag te slapen daar onder de trap en ik werd wakker en toen vroeg ik me af wat ik hoorde en toen...'

'... was ik het maar,' onderbrak de kerstman me.

Ik knikte.

Hij liet me los. Hij wiebelde heen en weer op zijn zwarte laarzen.

'Het heeft het hele jaar nog bijna niet ge-sneeuwd en nu komt alles ineens. Het lijkt verdomme wel popcorn! En het sneeuwt niet alleen véél, het sneeuwt ook snel, hard en loodrecht naar beneden.'

Hij snoof en veegde zijn neus af aan zijn mouw.

'Ik moest gewoon even ergens schuilen. Ik kwam niet meer vooruit. Ik hoop dat het niet erg is. O ja, vrolijk kerstfeest trouwens!'

Hij veegde nog een keer zijn neus af. Ik stond er maar een beetje bij. 'Ja, ja. En jij? Ben je je tong verloren? Heb je nog nooit eerder een kerstman gezien?'

'Ik… ik…'

'Ja… Ik…?'

Hij wapperde met zijn hand alsof hij de woorden uit mijn mond wilde helpen.

'Komt u Magnus halen?'

Eindelijk lukte het me om iets te zeggen.

'Magnus?'

Zijn hand bleef ergens in de lucht hangen. Hij schudde zijn hoofd.

'Nee, niet Magnus. En ook niet Petter en Lars en Gunnar. Ik heb wel wat beters te doen. Ik haal niet, ik breng. Wat is dat toch met jullie kinderen tegenwoordig? Letten jullie niet op op school?'

Ik begreep dat hij probeerde te doen alsof hij een gewone kerstman was. Ik wou dat Dan erbij was. Die had veel meer ervaring met ruimtewezens. Hij had vast wel geweten wat we moesten doen.

Opeens dacht ik aan meneer Jansen. Misschien had de kerstman hem te pakken gekregen.

'Meneer Jansen is niet Magnus,' zei ik.

'Huh?'

Hij was weer op het bankje gaan zitten.

'Meneer Jansen is een doodgewone rat!' schreeuwde ik.

De schapen schrokken weer, ze stoven alle kanten op en stuiterden als tennisballen tegen de muren.

'Hé! Kalm aan. Je maakt alles en iedereen aan het schrikken. Ik hoorde je wel. Ik begreep alleen niet wat je bedoelde. Maar, oké, natuurlijk. Een doodgewone rat. Meneer Jansen. Hmmmm.'

Hij boog zich naar voren, zijn ellebogen steunden op zijn knieën en hij keek me onderzoekend aan.

'Vertel eens, van welke planeet kom jij eigenlijk? Sorry dat ik het vraag hoor, maar…'

'Deze,' zei ik.

Ik was eigenlijk heel opgelucht dat hij het als eerste vroeg. 'En u, van welke komt u?'

'Mars natuurlijk. Dat zie je toch wel?' Hij mompelde een beetje in zijn baard. Ik schudde mijn hoofd.

'U ziet er heel echt uit,' zei ik.

'Ja, dat moest er nog bijkomen,' zei hij. 'Ik kan hier toch niet als groen mannetje in het rond vliegen. Niet in de tijd rond Kerstmis. Zeker niet in de tijd rond Kerstmis! Dat zou me wat moois worden. Daar moet je heel zorgvuldig mee omgaan. Er moet orde zijn. Stel je voor dat we Robin Hood zijn maillot uitdeden en hem een spijkerbroek aantrokken? Wat zou er dan gebeuren? Om maar niet te spreken van Roodkapje. *Roodkapje.* Begrijp je wat ik bedoel? Zie je mijn punt?'

Ik begreep er helemaal niets van. Alleen dat van het groene mannetje. Nu had hij het zelf gezegd. Maar ik knikte. Ik bleef knikken.

Hij stak zijn hand in zijn linkerjaszak, maar hij vond niet wat hij zocht. Toen stak hij zijn hand in zijn rechterzak. Hij hoestte. Daarna tilde hij zijn kerstmannenjas op en voelde in de zak van zijn joggingbroek. Hij haalde er een pakje shag uit en rolde een sigaret. Ik wist niet dat marsmannetjes rookten, maar dat was waarschijnlijk een onderdeel van hun vermomming. Dat ze dezelfde dingen deden die aardbewoners doen. Kerstmis vieren. Roken. Een joggingpak aantrekken. Zo deden ruimtewezens dat. Ze konden je compleet voor de gek houden. Dan wist daar alles van. En ik had zelf ook al zo vaak 'Men in black' gezien. Het was heel moeilijk om ruimtewezens te ontmaskeren. Daar had je eigenlijk speciale apparatuur voor nodig. En röntgenogen. Maar deze gaf het eigenlijk vrij snel toe. Dat kwam waarschijnlijk doordat ik die mailtjes had gestuurd. Het was niet zo vreemd dat er een hiernaartoe was gekomen en contact met mij maakte. Dat had ik toch zelf gevraagd.

'Hoe bent u hier gekomen?' vroeg ik. 'Met een ruimteschip?'

'Ja, natuurlijk. Het staat hier buiten voor de schuur geparkeerd. Maar wat doe jij hier eigenlijk in deze stal, op dit tijdstip? Je zei dat je hier sliep, maar waarom eigenlijk? Moeten kwajongens als jij niet gewoon binnen bij de anderen in hun bed liggen en zich

verheugen op Kerstmis? Of ben je stout geweest?'

Op dat moment kwam Bertil aangeslopen
vanuit het donker. Hij bleef midden in het
gangpad staan, staarde ons aan en likte zijn
bek af. Bertil. O ja, daar was hij dus!

'Ik ben hier omdat ik bij meneer Jansen wilde blijven. Dat is mijn rat. Hij mag niet in
het huis komen. Ik pas op hem,' mompelde
ik terwijl ik als gehypnotiseerd naar Bertil
staarde.

Bertil keek gewoon terug. Hij zag er voldaan en tevreden uit. Hij zag er op een
kwaadaardige manier voldaan en tevreden uit.

'Ah, kijk eens aan, daar hebben we zeker die
meneer Jansen,' zei de kerstman. Hij bukte
en aaide Bertil over zijn kwaadaardige kop.

Ik had gezegd dat meneer Jansen mijn rat
was, maar als je van een andere planeet
komt, weet je natuurlijk niet het verschil
tussen een kat en een rat. Aan dat soort dingen kun je ruimtewezens herkennen.

'Dit is Bertil,' zei ik. 'De kat Bertil. Meneer

Jansen ziet er heel anders uit. Die heeft twee ogen, niet maar één. En hij ziet er niet kwaadaardig uit.'

'Een rat, zeg je. O ja, dat had je al gezegd, geloof ik. Nou, dan zal hij die rat wel hebben opgegeten.'

'Hij heeft meneer Jansen niet opgegeten,' zei ik boos. 'Meneer Jansen is echt niet dom hoor. Alsof hij zich zou laten opeten door Bertil. Die lelijkerd!'

'Nou, waar is hij dan? Moest jij niet op hem passen?'

Nu stonden ze me met z'n tweeën kwaadaardig aan te kijken. Ze leken wel een beetje op elkaar. Misschien was Bertil ook een ruimtewezen.

'Ja. Ik ga even kijken of...'

Ik liep achteruit naar mijn slaapplek onder de trap.

'Meneer Jansen! Ben je hier ergens? Please?'

Ik hurkte naast mijn slaapzak en staarde naar de lege kooi alsof ik hem met mijn gestaar weer terug op zijn plek kon toveren.

Toen zag ik iets bewegen onder in mijn slaapzak, het was op weg naar boven. Een seconde later kwam de snuit van meneer Jansen tevoorschijn boven in de slaapzak.
Ik pakte hem op.
'Was je daar al die tijd al?' fluisterde ik in zijn oor. 'Wat moeten we doen?'

'Nou, hoe staat het daar?' riep de kerstman.
'Heb je hem?'
Meneer Jansen en ik keken elkaar aan. Aller-
lei gedachten schoten door mijn hoofd.
'Nee,' riep ik.
Buiten huilde de wind nog harder dan eerst.
De kou trok door de kieren in de muren. Er
stoven zelfs een paar sneeuwvlokken naar
binnen.
Ik drukte meneer Jansen tegen me aan. Hij
was nog helemaal warm en zacht van de
slaapzak.
Ik dacht zo snel ik kon. Het was hier niet
veilig, we moesten hier weg zien te komen.

Ik stond op en wilde meneer Jansen net in mijn mouw stoppen, toen de kerstman opeens in de deuropening stond.

'En wat is dat dan? Dat lijkt verdacht veel op een rat.'

Hij kwam naar me toe. Ik deed een stap naar achteren met meneer Jansen stevig tegen me aan gedrukt.

'Nou, nou, rustig maar! Ik was echt niet van plan om je rat iets aan te doen. Jij toch ook niet, Bertil?'

Hij keek naar Bertil, die kopjes gaf tegen zijn been.

'Hij… hij kwam opeens tevoorschijn,' stamelde ik. 'Maar ik moet naar de wc, dus ik ga even naar binnen. Ik neem meneer Jansen mee. Hij is heel snel bang. Daarnet ook. Hij dacht dat ik hem alleen had gelaten.'

'Hoor je dat, Bertil? Die kwajongen wil ons hier alleen achterlaten. We weten niet eens hoe hij heet. Waarschijnlijk is hij helemaal niet van plan om zich voor te stellen. Onbeleefd hoor. Echt heel onbeleefd.'

'Ik heet Sven.'

'Zal ik je eens wat vertellen, Sven? Je hoeft niet naar binnen om naar de wc te gaan. Wat denk je dat die geiten doen? En de schapen? Alsjeblieft, je kunt kiezen waar je je wilt terugtrekken.'

Ik moest helemaal niet plassen. Dat zei ik alleen maar. Ik wilde naar binnen. Ik moest iets bedenken. Razendsnel.

'Maar als ik naar binnen ga,' zei ik, 'kan ik iets te eten mee terugbrengen. En iets te drinken.'

Ik zag dat hij daarover nadacht. Ik hoorde zijn maag bijna rammelen.

'Oké,' zei hij na een poosje. 'Maar luister eens, Sven. Ik wil dat dit ons geheimpje blijft. Het is nergens voor nodig om jan en alleman te vertellen dat ik hier ben. Dat begrijp je toch wel, hè?'

Ik knikte.

'Het is niet dat ik je niet vertrouw hoor, integendeel, ik zie dat jij een hele flinke knul bent. Maar om er helemaal zeker van te zijn

dat je ook weer terugkomt, zoals je hebt beloofd, denk ik dat ik meneer Jansen maar zo-
lang hier bij me hou. Maak je geen zorgen.
Als je doet wat ik zeg, zullen we geen haar
op zijn hoofd krenken. Toch, Bertil?'
Hij keek weer naar Bertil. Hij gaf hem een
zetje met zijn been. Bertil keek naar hem op
en sperde zijn bek wijd open. Toen strekte
hij zijn voorpoten voor zich uit; zijn lange,
vlijmscherpe nagels staken als messen naar
buiten.

Ik ploeterde door de sneeuw naar het huis.
De deur was niet op slot. Ik sloop naar binnen.
Het was heel stil. In de gang brandde een klein lampje, verder was het donker.
Wat moest ik doen? Mijn ouders wakker maken? Misschien zouden ze me niet geloven als ik zei dat er een kerstman in de schuur zat. Of misschien zouden ze juist mompelen dat het logisch was dat er een kerstman was. Er *moest* toch ook een kerstman zijn. En als ik dan zou proberen uit te leggen dat het een ruimtewe... Nee, ze zou-

den me nooit geloven. Ze zouden denken dat ik het had gedroomd, dat had ik zelf toch ook eerst gedacht. Bovendien had de kerstman gezegd dat ik het aan niemand mocht vertellen en hij had meneer Jansen bij zich gehouden als gijzelaar. Als ik het vertelde en mijn vader zou meegaan om te kijken wat er aan de hand was, zou de kerstman meneer Jansen misschien iets aandoen. Hij zou op hem kunnen gaan staan. Of hem naar Bertil gooien. Dat risico wilde ik niet lopen.

Ik sloop naar de keuken, trok de deur voorzichtig achter me dicht en deed het licht aan. In een van de lades vond ik een plastic tasje en ik begon er eten in te proppen. Broodjes en worstjes en augurken en kaas. Een pak koekjes en een grote reep melkchocola. Op het aanrecht stond een fles brandewijn. Mijn vader zei altijd dat sterke drank het vet van het vlees oploste zodat het niet als een grote dikke klomp in je maag bleef hangen. Maar je moest er niet te veel van drinken, want dan

loste het namelijk niet alleen het vet, maar ook je hersenen op.

Ik kreeg een idee. Als de kerstman heel veel brandewijn dronk, zou het licht misschien wel uitgaan voor hem en dan kon ik meneer Jansen meenemen en in veiligheid brengen. Dat was nu even het belangrijkste. Dat ik meneer Jansen in veiligheid kon brengen.

Ik propte de fles bij het eten in de plastic tas, deed het licht uit en sloop de keuken weer uit.

'Hallo! Is daar iemand?'

Dat was de stem van Alice. Daar was geen twijfel over mogelijk. Ik verstopte me in een donker hoekje achter de trap en dook muisstil ineen.

Vlak voor mijn neus bleven twee enorme bontpantoffels en de broekspijpen van een gestreepte pyjama stilstaan.

'Ben jij dat, Bertil? Poeoeoespoespoes.'

De bontpantoffels draaiden rond. Eerst de ene kant op, toen de andere. Ik durfde bijna geen adem te halen.

'Nee... Ik geloof niet dat er iemand is.'

Ik hoorde een geeuw en sloffende voetstappen die terugliepen naar waar ze vandaan waren gekomen.

Ik wachtte nog even in het donker. Toen stond ik op en sloop naar buiten met de plastic tas in mijn hand.

'Kijk eens aan, jij bent nog eens een flinke knul,' zei de kerstman toen hij in de tas had gekeken. 'Er zit zelfs een fles brandewijn bij. Ik kan inderdaad wel een hartversterkertje gebruiken. Het valt helemaal niet mee om kerstman te zijn rond de kerstdagen. Het hele jaar heb je bijna niets te doen, maar met Kerstmis... Je hebt geen moment rust.'
Hij draaide de dop eraf en nam een slok.
'Ah, dat is lekker,' zei hij tevreden smakkend, 'maar op één been kun je niet staan.'
Hij nam nog een slok.
'Waar is meneer Jansen?'
'Ik heb hem in zijn kooi gegooid. Hij heeft op me gepoept, die kleine boef. Vlak nadat jij

weg was. Het had weinig gescheeld of ik had hem aan de kat gevoerd. Echt zó weinig.'

Hij hield zijn duim en wijsvinger vlak tegen elkaar aan. Er paste niet veel meer dan een haar tussen.

Ik draaide me om en wilde naar meneer Jansen gaan, maar de kerstman pakte me bij mijn jas.

'Tuttuttut, kalm aan. Met die rat is alles prima. Kan niet beter. Hij zit daar als een vorst. Voor een rat.'

'Maar Bertil dan. Waar is Bertil?' vroeg ik terwijl ik me probeerde los te rukken uit zijn greep.

'Bertil past op hem. Je hebt geen idee hoe serieus hij die taak opvat. Hij zit muisstil voor de kooi. Hij laat die rat geen seconde uit het oog. Die kat is echt een vondst.'

Hij keek me aan en grijnsde. Hij ademde zwaar. Hij rook uit zijn mond naar drank.

Toen werd hij weer serieus. Hij kneep zijn ogen een beetje dicht en er kwam een diepe, loodrechte rimpel tussen zijn wenkbrauwen.

Ik beantwoordde zijn blik, al durfde ik hem niet recht in zijn ogen te kijken. Misschien kon hij alleen al met zijn blik alle kracht uit me wegzuigen. En als ik dan geen kracht meer overhad om me te verdedigen, zou hij me helemaal opslurpen zodat er alleen maar een leeg, slap velletje overbleef. Want waarom was hij hier eigenlijk? Hij had een zak bij zich en misschien zaten daar wel cadeaus in, maar hij was helemaal niet aardig. Je had mensen die niet van ratten hielden. Dat was oké, al begreep ik het niet. Je mocht natuurlijk je eigen mening hebben. Maar als je niet zo van iets hield, hoefde je het nog niet te mishandelen.

Ik had er heel veel spijt van dat ik die mailtjes had gestuurd. Het was eigenlijk mijn schuld dat hij nu hier was om Magnus mee te nemen. Dát was hij dan misschien niet van plan, maar hij zou best meneer Jansen kunnen vermoorden. En als hij hem niet vermoordde, zou hij hem wel eens mee terug kunnen nemen als souvenir! Om hem aan een marskind te geven. 'Kijk eens wat ik heb meegebracht van de aarde!' Hij zou meneer Jansen aan een stom klein marskind geven dat aan zijn staart trok of hem als schietschijf gebruikte. Wat was ik een stommeling geweest. Ik verdiende slaag. Als ik mezelf een pak rammel had kunnen geven, had ik het gedaan!

'Je hebt toch met niemand gepraat, hè? En niemand heeft je gezien?'

Ik schudde mijn hoofd.

'Mooi.'

Het werd stil. Ik dacht zo hard na dat mijn hersenen bijna kraakten. Ik moest snel denken en juist handelen.

'Wilt u niet wat eten?' zei ik. Ik probeerde mijn stem aardig en gezellig te laten klinken. 'Ik heb een heleboel eten meegenomen. En misschien nog een slokje drinken?'

Het leek of hij een beetje kalmeerde.

'Ik laat je nu los,' zei hij, 'en jij houdt je gedeisd, want anders…'

Ik knikte. Hij stak zijn handen in de plastic tas. Hij haalde het pakje worstjes tevoorschijn, beet de verpakking stuk en trok er twee worstjes uit, die hij in een broodje legde. Toen stopte hij het broodje in zijn mond en begon te kauwen. Het ging heel snel. Daarna nam hij nog een grote slok uit de fles, die nu nog maar halfvol was. En híj leek me inmiddels halfdronken. Nu zijn ogen niet meer van die smalle, achterdochtige streepjes waren, zag ik dat hij heel duf was en er moe uitzag. Als hij nou maar in slaap viel! Dan kon ik meneer Jansen meenemen en er snel vandoor gaan.

Maar hij maakte een tweede broodje met worst en propte dat ook in zijn mond. En toen nog een. Toen kwam er een harde worstboer. En toen, yes! Hij nam nog een paar grote slokken uit de fles, veegde zijn mond af en begon iets onverstaanbaars te zingen. Misschien was het het volkslied van Mars. Of het clublied van zijn voetbalclub. AC Kraturno of zo. Of Aliens FC. Of de Marsboys.

Ik wilde naar meneer Jansen toe. Ik draaide

mijn oren bijna binnenstebuiten om te luisteren of ik een geluid hoorde in het gangetje. Maar nee, ik hoorde niets. Ik had alleen het gevoel dat de lucht trilde. Ik probeerde zijwaarts weg te schuifelen van de kerstman. Een klein stapje. Nog een klein stapje. Toen stond hij opeens op met de fles in zijn hand. 'Jij blijft hier, jongeman! De voorstelling begint straks pas. We gaan kat en muis spelen. Ik verwed er een honderdje om dat de kat die rat te grazen neemt. Hè, hè.'

Hij zwaaide even heen en weer, maar toen rechtte hij zijn rug en voelde in zijn jaszak. 'Hmmm. Hier zit niet veel in. Maar ik heb geld in die zak die daar staat. Kom eens hier, Stijn.'

'Sven.'

'Dat zeg ik toch, verdorie nog aan toe. *Stijn.* Ben je doof of zo? Kom op.'

Hij trok me mee.

Precies op dat moment vloog de deur van de schuur met een harde klap open.

'Ik geloof dat hier vreemde dingen gebeuren. Zijn jullie aan het oefenen voor kerstavond?'
Het was Alice. Ze stampte naar binnen in
een wolk van sneeuw en trok de deur achter
zich dicht. Ze speurde rond in het donker.
'Ah, kijk eens aan. Daar is de brandewijn. De
fles was opeens verdwenen uit de keuken en
ik zag dat er iemand van buiten naar binnen
was gekomen. Ik dacht dat die jongen... Die
kinderen van tegenwoordig. Ja, je weet het
niet. Je hoort zoveel. Maar dat jij het hebt
gedaan, Sigurd. Onze kerstbrandewijn!'
'Dat is mijn vader niet,' schreeuwde ik. 'Het
is...'

Meer kon ik niet zeggen, want de kerstman legde zijn hand op mijn mond.

'Ja, we oefenen voor kerstavond,' zei hij met een hik, 'hij bedoelt dat ik nú niet zijn vader ben, maar de kerstman.'

Hij hikte nog een keer. 'Ik wilde die brandewijn... alleen even proeven. Even controleren of het wel goede kwaliteit was. Maar op één been kon ik niet staan en toen... oeps. Ga maar weer naar bed, eh... eh, mevrouw. Dan kunnen wij verder oefenen. Verdorie, waar heb ik mijn rendier ook alweer geparkeerd?'

Hij mompelde onverstaanbaar nog wat door. Alice bleef staan waar ze stond. Ze begreep er niets van. De kerstman trok mij met zich mee, verder naar achteren de stal in. Ik probeerde los te komen uit zijn greep, maar hij was te sterk en zijn hand lag nog op mijn mond.

Ik wist niet wat hij van plan was. Misschien was hij wel helemaal niets van plan, met al die brandewijn die hij naar binnen had gewerkt. Dat was ook precies de bedoeling geweest. Hij had de fles weggezet, dus ik kon hem niet nog meer laten drinken. Maar misschien kon ik hem wel laten struikelen of zo!

'Nee maar, kijk eens aan! Hier is mijn rendier! Twee zelfs. Of zie ik nou dubbel?'

We waren in de stal van de lama's gekomen. Dolly en Tina stonden ons naast elkaar aan te staren.

'Ze hebben ook al geen gewei. Wat een vreemde rendieren,' mompelde hij.

Hij liep naar ze toe en sleepte mij achter zich aan. Toen hij vlak voor ze stond, liet hij een harde boer. Het rook naar een mengsel van worstjes en brandewijn. Als je haar nog niet vanzelf achteroverviel, dan gebeurde dat nu wel!

Toen ging alles heel snel. Tina legde haar oren helemaal in haar nek, rochelde diep achter in haar keel en spuugde een grote klodder recht in zijn gezicht.

'Hééééé!' riep hij en hij liet mij los.

Ik greep mijn kans en glipte weg. Ik rende snel het gangetje door naar Alice toe.

'Dat is mijn vader niet!' riep ik. 'Het is een ruimtewezen. Hij is slecht! Doe iets!'

Zonder te aarzelen denderde Alice op hem af. Hij veegde de vieze derrie uit zijn gezicht, maar binnen twee seconden lag hij op de grond met Alice boven op zich.

'Achter je aan de muur hangt een touw!' riep ze. 'Pak dat maar even!'

Ik pakte het touw van de muur en rende er snel mee naar Alice.

'Laat me los, jij… jij… vleesberg!' schreeuwde de kerstman. Maar Alice liet hem niet los. Ze bleef rustig op hem zitten. Het was maar goed dat ze zo groot was. Hij had geen schijn van kans om te ontsnappen.

Alice draaide het touw een paar keer om hem heen.

'Vleesberg, pfff,' snoof ze. 'Dat zijn allemaal spieren!'

Toen trok ze het touw zo hard aan dat hij jammerde en ze maakte er een stevige knoop in.

Zijn kerstmannenmuts was afgevallen en zijn baard zat nog maar half vast. Hij stonk nu naar worstjes, brandewijn én lamaspuug. Dat rook heel erg buitenaards. Echt iets voor het Guinness Book of Records.

Toen hij stevig was ingesnoerd en vastgebonden, hijgend en vloekend maar niet meer in staat om los te komen, stond Alice op. Ze sloeg het vuil van haar kleren en liep naar Tina toe.

'Goed zo, meisje,' zei ze terwijl ze over haar kop aaide.

Tina kwam een stapje dichterbij en blies voorzichtig in haar gezicht. Alice keek heel vies. Ik denk dat Tina ook niet erg lekker uit haar mond rook, nu ze net op de kerstman had gespuugd. Maar Alice bleef gewoon staan en aaide haar.

'Dat was een lamakusje,' zei ze en ze keek me aan. 'Een echte liefdesverklaring.'

'Meneer Jansen!'

Alice keek me vragend aan.

'Mijn rat. Hij zit daarbinnen met de kat!'

'Een rat? Hier?'

Ik hoorde niet of ze nog wat zei. Ik was al in volle vaart op weg naar meneer Jansen.

Ik wist niet wat me te wachten stond. Dui-
zend verschillende gedachten schoten door
mijn hoofd. Dat de kooi zou zijn omge-
gooid en het een complete chaos zou zijn.
Dat Bertil hem open had weten te krijgen
en dat hij met een half opgegeten, bloeden-
de meneer Jansen voor zich op de grond zou
liggen. Dat Bertil me zou aankijken met zijn
ene oog waar de kwaadaardigheid uit straalde en me ermee zou verpulveren alsof het
een laserpistool was.
Ik probeerde mezelf te harden. Dit kon een
van de afschuwelijkste dingen worden die ik
in mijn hele leven had meegemaakt.
Maar daar lagen ze, vreedzaam naast elkaar.

Bertil had zich voor de kooi opgerold. Zijn ene poot stak een paar centimeter tussen de tralies door en meneer Jansen had zijn pootje op die van Bertil gelegd. Daar lagen ze, poot in poot. Ze sliepen!

Soms word je een klein beetje verrast door het leven. In positieve zin bedoel ik. En dat is leuk. Dat is echt gaaf!

Alice belde de politie, maar die konden niet
komen omdat er zoveel sneeuw was gevallen. Ze moesten wachten tot de wegen
waren schoongeveegd en ze wisten niet
wanneer dat was.

'Kunnen we zijn ruimteschip niet gewoon
uitgraven en hem terug de ruimte in sturen?'
vroeg ik.

'Ik denk niet dat hij een ruimteschip heeft,'
zei Alice terwijl ze me mijn mobieltje terug-
gaf.

Ze stond van een flinke afstand naar meneer
Jansen te kijken. Ze kon haar blik niet van
hem afhouden. Het leek wel of ze was gehypnotiseerd.

Toen zij binnen was gekomen, was Bertil opgestaan. Hij stond bij haar voeten en keek naar haar op. Maar hij kreeg geen aandacht.

'Hij is een hele gewone aardse boef en zijn zak zit vol gestolen spullen,' ging ze verder.

'Dus hij is geen...?'

Ze schudde haar hoofd.

'Ik ben bang dat ik je moet teleurstellen.'

'Weet je het heel zeker?'

'Honderd procent zeker.'

Ik staarde haar aan. Dan was het dus niet mijn schuld dat hij er was. Hij was een hele gewone, doodnormale boef!

'Waarom ben je daar blij om?' vroeg Alice terwijl ze me aankeek. 'We hebben wel een probleem. Wat moeten we met hem? Het is kerstavond en we weten niet wanneer de politie komt. En als zij niet *hier* kunnen komen, kunnen wij ook niet wegkomen. We komen niet zo makkelijk van deze boef af.'

'Kan hij niet gewoon hier blijven? Hij is toch vastgebonden. Hij kan niet ontsnappen.'

'Tja...'

Alice maakte haar blik los van meneer Jansen en keek de stal in.

'Hij is in slaap gevallen,' zei ze. 'Hij snurkt nog harder dan je tante.'

'Daarom had ik die fles drank meegenomen,' zei ik. 'Zodat hij dronken zou worden en in slaap zou vallen.'

'Slim bedacht,' zei ze. 'En daarom ben ik ook hiernaartoe gekomen. Omdat ik vlak nadat ik dacht dat ik iemand door het huis had horen sluipen, zag dat de brandewijn weg was. En je weet natuurlijk nooit wat die stadskinderen in hun hoofd halen. Drank, drugs, vandalisme.'

'Ik ben nog maar negen. Wel bijna tien, maar…'

'Ik weet niet wanneer kinderen tegenwoordig met dat soort dingen beginnen. Je hoort zoveel.'

'Je moet niet alles geloven wat je hoort. Niet iedereen is hetzelfde.'

Ze gaf geen antwoord. Ze staarde alleen maar naar meneer Jansen.

'Ik haat ratten,' zei ze. 'Ik kan echt niets

ergers bedenken. Alleen al bij de gedachte lopen de rillingen over mijn rug. Ik zet rattenvallen, ik strooi gif, ik doe alles wat ik kan om ervan af te komen. Het is ongedierte. Ze bederven je eten en knagen elektriciteitsleidingen door.'

Ik wist niet wat ik moest zeggen. Omdat er niets te zeggen viel misschien. Hij en ik zouden waarschijnlijk de rest van de kerstdagen hier in de stal moeten blijven. Ze had vast liever een boef in huis dan een rat. Ook al was het meneer Jansen.

Bertil was onder de trap gaan liggen. Vanaf die plek hield hij ons in de gaten.

'Misschien verander je van gedachten als je hem leert kennen,' zei ik na een poosje. 'Wil je hem aaien?'

'Nee. Absoluut niet!'

Haar gezicht werd helemaal strak. Toen zei ze: 'Je hebt toch niet nog meer verrassingen voor me in petto, hè? Het fanfareregiment van Bergen, of het mannenkoor van Berlevåg, of de koning van Thailand...'

Ik schudde mijn hoofd.

'Maar ik denk dat het wel waar is wat je zegt,' ging ze verder terwijl ze haar hand op mijn schouder legde. 'Niet iedereen is hetzelfde. Ik denk dat we je rat maar mee naar binnen moeten nemen.'

'Yezz!' riep ik.

'Op proef,' zei ze en ze gaf een extra kneepje in mijn schouder. 'En ik wil niet dat hij los door het huis loopt. Er zíjn grenzen. Duidelijke grenzen. Vrolijk kerstfeest trouwens.'

Ik belde mijn vader. Hij had beloofd dat hij zijn mobieltje naast zijn bed zou leggen. Hij klonk niet erg wakker toen hij na een hele tijd eindelijk opnam. Bovendien dacht hij dat ik een grapje maakte. Of dat ik een nachtmerrie had. Of dat ik in mijn slaap praatte. Maar toen nam Alice de telefoon van me over en zei: 'Kom eens uit bed met die luie reet van je, Sigurd! Dit is geen grap. Het is waar wat die jongen zegt. We hebben je hulp nodig bij een stel ratten. Een zogenaamde tamme rat die meneer Jansen heet en een reusachtige monsterrat.'

Het duurde niet lang of mijn vader stond in

de deuropening. En achter hem stonden alle anderen. Frøy met kleine vermoeide oogjes zonder make-up. Trym zonder pet, met plat haar. Tante Gro in een lange donsjas en grote laarzen. Het leek wel alsof ze net een

maanlanding had gemaakt. Mijn moeder hield Magnus tegen. Die wilde natuurlijk vooraan staan om te kijken.

'We hebben de kerstman gevangen, Magnus,' zei ik. 'De kerstman is een boef.'

'Déze kerstman is een boef,' zei mijn moeder. 'Hij deed maar alsof hij de kerstman was. De echte kerstman is geen boef.'

Dat was typisch mijn moeder. Ze had op de een of andere merkwaardige manier het idee dat ze dat joch moest beschermen. Dat joch dat een keer met pijl en boog op meneer Jansen had geschoten!

Maar Magnus luisterde toch niet naar haar. Hij wrong zich los en wurmde zich tussen ons door en staarde met grote ogen naar de snurkende man in het kerstmannenpak, die inmiddels geen baard en muts meer ophad en die bijna geen haar op zijn hoofd bleek te hebben.

'Vet,' zei Trym terwijl hij me een dreun op mijn rug gaf. 'Goed werk, man. Ze zijn allemaal gestoord hier op het platteland.'

Hij boog zich naar me toe en fluisterde:
'Weet je dat Gro een wapen heeft? Tante
Gro is een echte gangsterbabe, Sven.'
Ik staarde hem met grote ogen aan.
'Schei uit, Trym,' zei tante Bella, die vlak
achter hem stond en had gehoord wat hij
zei. 'Gro een gangster, stel je voor. Ze gaat
één keer per jaar jagen.'
'Eén keer per jaar!' zei Trym. 'Ja hoor. Dat
is gewoon een dekmantel. En jij gelooft het
omdat ze je zus is.'
'Ja, Trym. Heb je ooit zoiets stoms gehoord?' zei mijn vader, die ook had gehoord
wat hij zei. 'Ze cruist met de tractor heen en
weer tussen de winkel en het benzinestation
en intussen laadt ze haar geweer en roept
"Yo, yo".'
'Schei toch eens uit jullie,' zei mijn moeder.
'Het is nu niet het moment om geintjes te
maken. Help liever een handje. Mannen!'
'Waarmee?' vroeg Trym. 'Die boef is buiten
westen. En als-ie wakker wordt, komt-ie
niet los.'

'Met dragen,' zei tante Gro. Ze had staan praten met Alice, maar kwam nu aanwaggelen op haar moonboots. 'De kooi van meneer Jansen, Svens spullen. Het lijkt potverdikke wel of die wind overal vandaan komt. We moeten samenwerken. Iemand moet aan de buitenkant lopen en ons afschermen voor de wind.'

'Ahhh! Mag ik meneer Jansen dragen?' zei Frøy. 'Hij is zó schattig. Hij lijkt wel een chihuahuahondje. Hij mag best bij mij op de kamer slapen, Sven.'

Ze keek me met grote, vragende ogen aan en glimlachte suikerzoet. Toen boog ze zich naar me toe en fluisterde: 'Hij mag zelfs bij me in bed slapen.'

Dus meneer Jansen leek op een chihuahua? Ik hoopte maar dat hij het niet had gehoord. Hij zag vast liever een beer als hij in de spiegel keek. Of een wolf misschien. Maar een chihuahua? Er liep een rilling over mijn rug. Het ging hier wel om meneer Jansens eer! Moest ze meneer Jansen nou echt vergelijken met van die kleine mormels die je in een handtasje kon stoppen?

Ik vond het helemaal geen goed idee dat meneer Jansen bij Frøy op de kamer zou slapen. Hij zou kunnen worden aangetast door de omgeving! Maar tante Bella nam me apart. Ze fluisterde iets in mijn oor.

'Ze is een beetje moeilijk op het moment,' zei ze. 'Puberteit en zo, je weet wel, Sven. Je ziet toch wel hoe heerlijk ze het vindt om meneer Jansen te knuffelen? Dat is zo goed voor haar, je hebt echt geen idee. Het geeft haar zoveel positieve energie. En al die positieve energie zal zich door het huis verspreiden en daar hebben we allemaal plezier van.'

Tante Bella nam mijn gezicht tussen haar handen. Ze keek me doordringend aan.

'Oké,' zei ik. 'Als meneer Jansen het goedvindt.'

Tante Bella glimlachte. Ze drukte me stevig tegen zich aan.

'Positieve energie,' zei ze.

Verplicht knuffelen, dacht ik. Alweer.

Intussen was het kerstochtend geworden. We liepen in een treintje door de sneeuwstorm om binnen te komen. In de stal lag een boef. Hij was nog niet wakker, maar wat moesten we met hem doen als hij wakker werd?

Daar hadden we het over toen we allemaal bij elkaar in de woonkamer zaten. De kerstboom was versierd en er lag een enorme berg pakjes onder. Meneer Jansen was op Frøys kamer gezet en Magnus in de televisiekamer, samen met zijn schlagermuziek.

'Ik vind dat hij daar maar gewoon moet blijven liggen,' zei tante Gro. 'Dat is zijn verdiende loon. Hij heeft de goede naam van de kerstman te schande gemaakt!'

'Ja, het kan zijn dat hij heel slechte vibraties met zich meebrengt als we hem mee naar binnen nemen,' zei tante Bella. 'Maar ik vind het ook wel zielig voor die man. Het is per slot van rekening Kerstmis.'

'Hij is een boef,' zei mijn vader. 'Je mag niet stelen en als je het toch doet, moet je de consequenties ook maar accepteren. Zo gaat dat nou eenmaal.'

'Misschien gaat het straks wel minder hard sneeuwen zodat de politie hem kan komen halen,' zei mijn moeder. 'Dan zijn we van het hele probleem af.'

Misschien is hij toch een ruimtewezen, dacht ik, misschien wordt hij wel opgehaald door zijn soortgenoten.

'Ik heb een idee,' zei Alice. 'Ik denk dat ik weet hoe we van hem af moeten komen.'

'We graven hem in,' zei Trym en hij pakte zichzelf bij de keel.

'Trym!' zei tante Bella. Ze keek hem streng aan.

'Het is niet ver als ik door het bos ga,' zei

Alice. 'Ik span Dolly en Tina voor de slee en neem hem daarop mee. Dan kunnen ze zich op het politiebureau over hem ontfermen.'

'Denk je dat dat lukt?' zei tante Gro. 'In dit weer?'

'Het wordt straks minder,' zei Alice terwijl ze uit het raam keek. 'Dat zeiden ze op het weerbericht.'

'Prima idee,' zei mijn vader. '*Dolly, the red-nosed lama...*'

Het weer werd inderdaad beter, precies zoals
Alice had gezegd. Het sneeuwde nog maar
een klein beetje en het waaide bijna niet
meer. Maar het zou nog een hele tijd duren
voordat de sneeuwschuivers de wegen weer
begaanbaar hadden gemaakt. Dat gaf de
doorslag. De slee werd uit de oude hooi-
schuur gehaald en Dolly en Tina werden ervoor gespannen. Ze hadden al eerder een kar
getrokken, dus ze wisten hoe het ging, anders had het niet gekund. Het leek of ze wel
zin hadden om een tochtje te gaan maken.
De boef in de stal kwam weer een beetje tot
leven. Ik stond te kijken terwijl mijn vader,
Alice en Gro hem overeind hielpen. Hij kon

zijn evenwicht niet goed bewaren en hij was nog steeds een beetje dronken van alle brandewijn.

Toen zag hij mij.

'Ah, daar hebben we dat vervelende rotjoch,' zei hij. 'Ik hoop dat de kat die schurftige rat van je heeft opgegeten! Ha, ha.'

'Meneer Jansen is helemaal niet schurftig. En bovendien zijn ze hele goede vrienden geworden. Jij bent gek!'

'Ik zal jou eens even laten zien hoe gek ik ben!' brulde hij en hij probeerde zich los te rukken.

'Jij houdt je koest,' zei Alice, 'anders gebruik ik je als trampoline! Nog één lelijk woord over die rat en je zult ervan lusten!'

Hij bromde iets en daarna was hij stil. Ze bonden nog een extra touw om hem heen, namen hem mee naar buiten en hesen hem op de slee met een schapenvacht onder hem en over hem heen. Toen zetten ze de zak met gestolen spullen naast hem op de slee.

Alice wilde alleen gaan.

'Weet je het zeker?' vroeg mijn vader. 'Ik vertrouw die kerel niet. Ik denk dat ik maar meega.'

'Laat die slappeling maar aan mij over,' zei Alice. 'Er is hier in de wijde omtrek niet één kerel die van mij wint met armpje drukken. En vorig jaar ben ik worstelkampioen geworden. In Kautokeino. Ik ben veilig terug voordat het vlees een knapperig korstje heeft! Maar bedankt dat je zo bezorgd bent,

Sigurd. Wat je mist aan biceps, maak je op een andere manier goed. Door je als gentleman te gedragen bijvoorbeeld.'

Ze keek hem plagerig aan.

Mijn vader zag er niet uit alsof hij daar heel erg blij mee was. Eerder een beetje beschaamd, maar hij zei er verder niets over.

Alice had een enorme bontjas aangetrokken. Ze ging achter op de slee staan en even later gingen ze er met een rotvaart vandoor over het bospad.

Ik ging met tante Gro naar de stal om de dieren een extraatje te geven omdat het Kerstmis was. Onder de trap waar ik had geslapen, zette ze een schaal pap neer voor de kerstman.

'Geloof jij in de kerstman, tante Gro?'

'Nou ja, geloven, geloven...' zei ze. 'Het is meer voor alle zekerheid. Als er hier een kerstman is en hij krijgt geen pap met Kerstmis en hij wordt boos – nou, dan weet je maar nooit wat er gebeurt. Dat risico wil ik niet nemen, Sven. Ze hebben hier op de boerderij altijd een schaal pap klaargezet met Kerstmis, al eeuwenlang. Vraag maar aan Alice.'

'Daarboven is in ieder geval niemand,' zei ik. 'Daar hebben we gekeken.'

'Je kunt kijken zoveel je wilt,' zei ze, 'maar dat je iets niet ziet, betekent niet dat het niet bestaat.'

'Net als ruimtewezens,' zei ik.

'Misschien wel… Sommige mensen geloven in onderaardse wezens. Die denken dat we bezoek van beneden krijgen. Anderen geloven in buitenaardse wezens. Die denken dat we bezoek van boven krijgen.'

'Hoe moet je nou weten wat je moet geloven?' zei ik en ik krabde op mijn hoofd. 'Ik wil het graag *weten*.'

'Veel succes,' zei tante Gro. 'Je hebt een doel in je leven.'

We gingen tekenfilms kijken in de televisiekamer. Frøy en Trym ook. Trym zag er niet
meer zo stoer uit nu hij geen pet en capuchon ophad. Hij lachte net zo hard als ik,
zijn mond net zo wijd open. Frøy lachte niet
één keer. Ze hing in een stoel met haar benen over de rand en kauwde kauwgom. Ze
blies bellen en liet ze knappen. Steeds weer
opnieuw.

Meneer Jansen stond op haar kamer. Ik glipte er af en toe binnen om hem een beetje op
te vrolijken. Maar dat was niet echt nodig.
Hij zag er heel tevreden uit en dat irriteerde
mij. Ik verdacht hem ervan dat hij eigenlijk
dol op meisjes was, maar er waren toch

grenzen! Ik bedoel: Frøy!?! Zou hij zijn ver-
dere leven in een handtas willen zitten? Mis-
schien zou ze hem zelfs kleertjes aantrekken!
Een klein schotsgeruit jasje voor de winter?
Ik huiverde.
'Hallo! Joehoe! Daar ben ik weer. Hoe gaat
het hier? En met het vlees? Liggen we op
schema?'
Het was Alice.
Ik rende de trap af. Ze stond in de gang,

haar wangen waren rood en ze zag er heel
tevreden uit.

Mijn moeder en tante Gro kwamen uit de
keuken en achter hen aan kwamen alle kerst-
geuren de gang op drijven. Gebraden ribstuk,
worstjes, gehaktballetjes en zuurkool. De
hele gang was ineens vol heerlijke geuren. Ik
voelde dat ik een enorme honger had.

'Hmmmm, het ruikt echt… overheerlijk,'
zei Alice. 'Dat zal ons goed smaken!'

Ze deed haar bontjas uit.

Mijn moeder praatte door tante Gro heen en
die praatte weer door mijn vader heen. Ze
wilden allemaal weten hoe het was gegaan.

'Helemaal volgens plan,' zei Alice terwijl ze
in haar handen wreef. 'Nu kan hij eens even
goed nadenken over wat hij heeft gedaan,
die schurk.'

Toen draaide ze zich naar mij om.

'Dat hij had gestolen vond ik nog niet eens
het ergste,' zei ze. 'Het ergste vond ik de
manier waarop hij over meneer Jansen praatte. Dat hij hoopte dat Bertil hem had opge-

geten. Dat kan toch niet! Wat vind jij, Sven? Je moet lief zijn voor dieren. Vooral de dieren die je beste vriend zijn.'

'Vind je meneer Jansen dan toch wel een beetje leuk?' vroeg ik. 'Krijg je geen roos van hem of een hartstilstand?'

'Ik denk dat het best zal gaan,' zei ze met een glimlach. 'Ik moet gewoon even omschakelen hier in mijn bovenkamer.'

Ze hield een vinger tegen haar hoofd. 'Alle ratten zijn verschillend, net als mensen. Ik denk niet dat het ooit zover zal komen dat ik álle ratten leuk ga vinden, net zomin als ik alle mensen leuk vind. We gaan toch wel bijna eten hè? Ik heb honger als een...'

'Wolf,' zei ik.

'Minstens,' zei ze. 'Zo gaat dat met hongerige vrouwen.'

Toen begonnen we met het kerstdiner. Op televisie was het traditionele kerstconcert met het jongenskoor en het zwoerd van het vlees was heerlijk knapperig.

'Nou, dan is het dit jaar ook weer Kerstmis geworden,' zei mijn vader. 'Ook zonder brandewijn.'

Vlak na het eten verdween hij, zoals ieder jaar met Kerstmis. Iedereen deed alsof hij heel erg verrast was toen de kerstman in de deuropening stond en vroeg of hier ook lieve kinderen waren.

'Ik!' riep Magnus.

'Ik!' riep ik.

En Frøy en Trym en mama riepen ook allemaal dat ze lieve kinderen waren.

Ik kreeg een snowboard, een hele coole. En een nieuw Manchester United-shirt. Precies wat ik graag wilde hebben.

Ik had de schilderijen die meneer Jansen had gemaakt onder de kerstboom gelegd, maar de kerstman haalde ze uit zijn zak.

'Voor Gro. Van Sven,' zei de kerstman. 'Voor Alice, van Sven. En voor Bella, van Sven.'

'Jeminee,' zei tante Bella, 'wat spannend!'

Ze pakten alledrie hun schilderij uit. Ik had het opgerold en er een rood lint omheen gebonden. De rolletjes waren een beetje gekreukt aan de uiteinden, maar verder waren ze helemaal heel gebleven.

'Wat een mooie schilderijen!' zei tante Gro enthousiast.

'Wat een kleurencombinaties,' zei tante Bella. 'En wat een sierlijke patroontjes. Indrukwekkend. Werkelijk erg indrukwekkend!'

'Jeminee, Sven,' zei Alice. 'Ik wist dat je kon

dribbelen, maar dat je ook nog eens wist hoe je een penseel gebruikt…'

Ze waren alledrie opgestaan en hielden hun schilderij voor zich.

'Eh… Meneer Jansen heeft ze gemaakt,' zei ik. 'Hij is de kunstenaar. Nou ja, we hebben ze eigenlijk samen gemaakt, maar hij heeft het meeste gedaan.'

'Nou, haal die kunstenaar dan maar eens even hier,' zei Alice.

Tante Gro keek haar aan.

'Kijk niet zo,' zei Alice. 'Meneer Jansen is meneer Jansen. Rat of geen rat.'

Ik rende naar boven om Jansemans te halen. Iedereen applaudisseerde toen we de trap af kwamen.

'En geef die rat ook iets te snoepen,' zei Alice.

Tante Gro gaf hem een grote pinda in de dop en hij mocht naast mij op de bank zitten om hem gezellig op te peuzelen.

'Voor meneer Jansen van Sven,' zei de kerstman terwijl hij mijn cadeau uit de zak haalde.

Ik hielp meneer Jansen met uitpakken. Het was een nieuw Liverpoolvaantje. Hij liet zijn pinda los en snuffelde aan het vaantje. Toen knaagde hij even op een van de hoeken. Hij wilde waarschijnlijk even testen of het een echte was. Je kon meneer Jansen niet makkelijk voor de gek houden. Hij was dan wel fan van Liverpool, maar hij was niet dom.
'Is het goed, Jansemans? Ben je er blij mee?' Hij liet het vaantje los. Het leek wel of hij knikte. Toen ging hij verder met zijn pinda.

Toen alle cadeaus waren uitgedeeld, nam de kerstman afscheid.

'Zie je nou wel, Magnus,' zei mijn moeder. Ze stonden voor het raam te zwaaien.

'De echte kerstman was geen boef. Dat zei ik toch.'

'Waar gaat papa naartoe?' vroeg Magnus. 'Gaat hij ook nog ergens anders kerstman spelen?'

'Hier zijn je cadeaus, papa,' zei Magnus toen
papa terugkwam en net deed alsof hij buiten
even iets had gedaan.

Hij was heel blij met de sokken die hij van
mij kreeg. Op het ene paar stond Donald
Duck en op het andere oom Dagobert.

We aten peperkoekjes en marsepein en toen
gingen we naar de stal om te zien of de pap
was opgegeten. De schaal was leeg.

'Zie je nou wel,' zei tante Gro. 'Jij ook,
Sven. De kerstman is hier geweest. Misschien is hij nog ergens in de buurt. Laten
we maar gauw weggaan zodat hij een beetje
rust krijgt. We hebben al meer dan genoeg
dramatische toestanden gehad.'

'Jij hebt het zeker opgegeten, hè papa?' fluisterde ik terwijl ik zijn hand pakte.

'Nee,' zei hij. 'Ik zweer het.'

'Dan heeft Bertil het gedaan,' zei ik.

'Zo'n grote schaal? Dat denk ik niet,' zei mijn vader. 'Je hebt gehoord wat tante Gro zei. De kerstman heeft het gedaan. De echte kerstman.'

Ik wist niet wat ik moest geloven. Maar er was nóg iets wat ik niet begreep. Iets vreemds. Waarom stonden er opeens nog maar twee sneeuwsculpturen buiten? Eerst waren het er drie, dat wist ik hartstikke zeker. Was er iemand geweest en weer weggegaan?

We liepen terug naar het huis. Toen we de deur opendeden, stond Bertil in de gang. Was hij dan toch niet buiten geweest? Was hij al die tijd binnen geweest terwijl wij aten en cadeaus uitpakten en...

'Meneer Jansen!'

Ik rende naar de woonkamer, maar op de bank lag alleen nog de dop van de pinda.

Bertil was achter me aan gelopen. Hij keek me aan met zijn ene oog. Zijn hoofd scheef.
'Bertil, je hebt toch niet... Jullie zijn toch vrienden?'
Een voor een kwamen de anderen de kamer in en we begonnen te zoeken. Onder de bank, onder de stoelen en de tafel. Achter kasten en in kasten. In de bak met brandhout.
Geen meneer Jansen.
Net nu alles zo fijn was. Nu we lekker zouden gaan relaxen en het gezellig hebben. Kerstmis en zo!
Ik liet me op de bank vallen. Bertil was bij de open haard gaan liggen. Hij likte zijn bek af. Ik voelde me heel slap. Ik kon niet nadenken. Ik bleef zitten en keek naar de mooie versierde kerstboom met de ballen en de strikjes en bovenin de stralende ster.
PATS. Opeens werd de boom helemaal donker. De ster ging uit en alle andere lampjes gingen ook uit.
'Wat was dat in godsnaam?!' zei Alice.

Iedereen draaide zich om naar de boom. En daar, helemaal bovenin, tussen een wit engeltje dat op een trompet blies en een gedoofd kerstlampje, zat meneer Jansen. In zijn pootjes hield hij een elektriciteitssnoer waar hij fanatiek op knaagde.

'Nou, die zit daar hoog en droog,' zei mijn vader hoofdschuddend. 'O, o, die meneer Jansen…'

'Die rat is cool,' zei Trym en hij gaf me een dreun op mijn rug. 'Hoeveel wil je ervoor hebben?'

'Eh... Sven!'

Mijn moeder keek me aan. Ze zei alleen die twee woorden, maar dat was misschien niet zo raar. Als je mond zo strak stond, kón je ook niet veel zeggen.

'Ik kan er niets aan doen,' zei ik.

'Ik denk dat hij gewoon stoer wil doen voor al die dames hier,' zei mijn vader. 'Hij wil zijn spieren laten zien. Dat vinden wij mannen leuk.'

'Jullie spieren?'

Mijn moeder kon kennelijk toch nog praten, ondanks haar strakke mond. 'Zeker zijn kauwspieren. Die zijn bij jullie allebei heel goed ontwikkeld.'

Mijn vader kuchte.

'Gebeurd is gebeurd,' zei Alice. 'Zo sparen we in ieder geval elektriciteit uit. Kom, jongens, we gaan rond de kerstboom staan om te zingen.'

Ze duwde iedereen naar de boom. We pakten elkaar bij de hand – gelukkig hoefde ik Frøy geen hand te geven – en we zongen: '*Als de lichtjes weer gaan branden, geeft me dat zo'n fijn gevoel*' en terwijl we zongen, keek iedereen naar meneer Jansen en toen zongen we het nog een keer, maar dan anders: '*Als de lichtjes niet meer branden...*'

'Dat liedje zal nooit meer hetzelfde zijn,' zei tante Gro toen we klaar waren met zingen.

'Alles wordt altijd anders met meneer Jansen,' zei ik.

'Alles.'

Toen plukte ik hem uit de boom en drukte hem stevig tegen me aan.